男装の麗人
ユウェロイ
Yuweloi - Lady dressed as a man
翼族の中間管理職
フォリオ
Folio - Middle management of wing

鱗族の侍女
ブラン
Branc - Maid of scale
牙族の戦士
ラディコ
Radiko - Warrior of fang

How to book on the Devil

CHARACTERS

ドット絵制作：tocoda

CONTENTS

HOW TO BOOK ON THE DEVIL

VIII

魔王の始め方

HOW TO BOOK ON THE DEVIL

プロローグ

「んっ……ふぁ……ああっ……」

純白の城の中に、艶めかしい声が響く。

「もう……お兄様ったら」

咎めるようでいて、どこまでも男を許す甘い声。

「そんなに胸に吸い付いても、まだミルクは出ませんよ?」

そして同時にどこまでも甘え、媚びる女の声であった。

「ほう。まだということは、神というのは人の子を孕むものなのか?」

その白い居城の主——月の女神マリナを膝に乗せ、寝台に座るのは琥珀色の髪を持つ中背の男。

魔王オウルであった。

対面座位の形でマリナを貫きながら、右手で彼女の左胸を弄びつつ、ピンと尖った右胸の先端を唇でついばみ、舌先で転がす。

「ぁん……稀にですけど、そういったこともあるみたいです。神といっても……んっ……生き物であることに、変わりはありませんから……や、ぁん、そんな、甘噛みしちゃ……あっ……」

最近のマリナの口調は神としての威厳に溢れた厳かなものではなく、まるで本当の兄に甘えているかのような、砕けた気安いものへと変化していた。

「なるほど。では、しっかりと種を仕込んでやろう」

「もうっ……そんなこと言って、容赦なく中出しするのはいつものことじゃないですか……ああんっ！」

口を封じるように一際強く突かれ、マリナは高く声を上げる。

「嫌だったか？」

「別に、嫌というわけではありませんけど……もう……」

マリナは唇を尖らせ、オウルの顔を恨めしげに見やる。

「……本当に孕んだら、こうして睦み合うこともできなくなっちゃうじゃないですか……」

その可愛らしい物言いに、オウルは思わず笑みを漏らした。

「あっ、わ、笑わないでください！　これでも、お兄様との逢瀬を、わたしはそれはもう楽しみにしてるんですからね……？」

「わかっているとも」

オウルはマリナの背に腕を回し、その全身を抱えるようにして抽送を始める。

「あっ……そんな、深い……っ！」

「だが、だからこそ、子でもいればお前の心も慰められるのではないかと思ってな」

月の上には何もない。真っ白な砂漠だけが続く、不毛の大地だ。マリナはその上からザナたち氷の民を見守ることによってのみ己を慰めてきたが、そんな生活が寂しくないはずもない。

「わたしと……お兄様の、子……」

呟き、マリナはその光景を想像する。その幸せな未来図に、彼女の膣口はきゅうとオウルを締め付けた。

「お前の身体は乗り気のようだな」

「お兄様ぁっ！　……あっ、あぁっ……！」

身体の奥底から湧き上がってくる快楽と喜びを堪えるように、マリナは両手両足をオウルの背に回してしがみつく。痺れそうなほどに子宮が疼き、自分がオウルの子種をどうしようもないほど欲していることを、マリナは自覚してしまった。

「はいっ……！　孕ませて、妊娠させてください……っ！　お兄様との子、産みたいです……っ！」

「なら、産ませてやる。俺たちの子がこの白い大地に満ち、ここに楽園を作り上げるまで……何度もだ！」

「～～～～～～っ！」

ずん、と奥を貫く一撃とともにそう宣言され、マリナは盛大に気をやった。だと言うのに、オウルはお構いなしにマリナの身体を揺らし、膣奥を蹂躙する。

「あぁっ！　お兄様ぁっ！　だめぇっ！　わた、し、イッ、て、あぁんっ！」

パンパンと濡れた肉のぶつかり合う音を響かせ、マリナの白い尻を持ち上げながら、赤黒い暴力的な肉塊を何度も彼女の華奢（きゃしゃ）な股の間に出し入れする。その度にじゅぷじゅぷと音を立てて吹き出す愛液は白くにごり、泡立っていた。

「やぁっ、だめぇっ！　あ、あ、あ、あぁっ！　も、もうっ！　ゆる、許し、あぁんっ！　お兄、様ぁっ！　こんなの、おかしく、なっちゃうぅっ！」

　間断なく絶頂させられ、悲鳴のようにマリナは懇願（こんがん）する。

「どうしてほしいか言ってみろ」

「中に、膣内に出してくださいっ！　お兄様のぉっ！　子種ぇっ！　精液、ください、あぁっ！　犯して、中に出して、孕ませて……！　おなか……っ！　わたしの、おなか、おっきくして……っ！　赤ちゃん、作ってくださいっ……！」

　マリナの両脚がオウルの腰をぎゅっと締め付け、秘部がぐりぐりと押し付けられる。言葉だけでなく全身をもってオウルに種付けをねだるマリナに、オウルの限界も訪れた。

「ではイくぞ……！　しっかり孕めよ……！」

「はいっ……！　ちゃんと、妊娠します……っ！　お兄様の、赤ちゃんっ！　ちゃんと、孕むからぁっ！」

　腹の中でオウルの男根が一際大きく膨れ上がるのを感じ、マリナはぶるりと身体を震わせる。一瞬の後、その先端から白濁の液が吹き出して、膣内を犯していくさますらはっきり見えるかのような質感。

それを感じながら、マリナは自分がほとんど無意識に膣口をキツく締め付け、オウルのペニスを絞り上げるかのように腰を上下させていることに気がついた。

「マリナ。それは……」

「は……はい……」

程なくしてオウルもそれに気づく。その動きは、マリナの権能（けんのう）によってもたらされたものであった。すなわち、最善手。目的に辿（たど）り着くために最も優れた手段を講じる力。

つまり今マリナは――神としての力を使ってまで、全身全霊で孕もうとしている。

膣口で浅ましくちゅうちゅうと精液を啜（すす）りながら、マリナは顔から火が出そうなほどに赤面した。

＊　＊　＊

「では、またな」

「はい。いってらっしゃいませ、お兄様」

マリナの居城から少し離れた場所。月面に穿（うが）たれた巨大な井戸の前で、マリナとオウルはそう言葉を交わした。

こうしてオウルがマリナに会いにこられるのは一月（ひとつき）に一度。満月の晩だけだ。それ以外では塞（さい）の神の力を以ってしても、大地から遠く離れたこの地に辿り着くことはできない。

ここで引き止め、夜を明かしてしまえば……と、マリナはいつも思わずにはいられない。たった数刻オウルの足を止めれば、少なくとも次の満月までは共にいることができる。

しかし、それは許されることではなかった。ただでさえ広大な国を治め、無数の寵姫を有する魔王であるオウルが、忙しい合間を縫って丸一晩、マリナのために時間を割いてくれているのだ。それ以上を望めば、オウル自身はともかくとして、彼の愛妻たちが黙っていないだろう。

「この度の結果は、その時にはわかるでしょうか」

下腹を擦りながら、マリナは微笑む。そして言ってしまってから、まるで試すような真似をしてしまったな、と反省した。

「なに。できていなければ、できるまで試すだけの話だ」

だが事も無げにそう答えるオウルに、マリナは思わず彼の首に抱きついて口づける。

「……マリナ。あまり誘惑するな。名残惜しくなる」

「ごめんなさい」

あながち社交辞令でもなさそうなオウルの言葉に、マリナは渋々身体を引いて彼から離れた。

「それでは……また、一月後」

「ええ。また月の満ちるときに」

小さく手を振るマリナに目配せをして、オウルは井戸へと降りる。

――それが。

魔王オウルがこの世界でかわした、最後の言葉となった。

Step.1　新たなダンジョンで目覚めましょう

1

「いない。いない。いないいないいないいない！」

　タンスを開け開き、ベッドの下を覗き込み、ゴミ箱をひっくり返し。

「一体どこに行っちゃったのよ⁉」

　薄っすらと涙さえ浮かべつつ、半狂乱で彼女——魔王オウルの第一の配下であり、最も信を置かれた右腕であり、最愛の妻の一人でもある淫魔……リルは、叫んだ。

「そんなところにいるはずがないでしょう」

　いつになく苛立ち(いらだ)を滲ませ(にじ)た口調で言いながら、各地に送った分体たちの視界を探るのはオウルの一番弟子にして半人半スライムの魔女、スピナ。

「ねえ、ソフィア。本当にダンジョンの中にはいないんだよね？」

「うん……三回も全体走査をかけたけど、どこにも見当たらないよ」

　不安げに眉を寄せて問うのはダンジョンで育った少女、マリー。そしてダンジョンを司る(つかさど)神、ソフィアがそれに答える。

「月からは帰ってきてるんだよね？」

ただ一人、いつもとそう変わりない落ち着いた態度で問うのは、英雄のユニス。

「そのはず……例の地上に繋がった井戸に降りたところまでは見送ったって。マリナ様もパニックに陥ってるから、隠しているとかはないと思う」

難しい表情をしながらも、マリナを信仰する氷の女王、ザナはそう答えた。

「ねえ！　マリナの最善手の力とかいうので、探せないの⁉」

マリナの能力は、強力であるがゆえにそう気軽に目的を設定できるものではない、とは聞いていた。だがマリナ自身が狼狽えるような状況であれば、話は別なのではないか。

「やってるわよ！　やってるけど……ないの！　あいつに、繋がる糸が！」

一縷の望みを託してリルが問えば、ザナは堪えきれずに怒鳴り声を上げた。マリナの能力は目的を達成するための最善の手を導き出すものであって、何でもできる万能の能力ではない。

その目的を達成する方法が一切ない場合、何もできない。

その意味を悟って、リルはぺたんと地面にへたり込んだ。

「嘘、でしょ……」

ぽつりと、ユニスは決意を秘めた声色で、呟くように宣言する。

「あたし――」

「あたしの能力なら」

「やめなさい」

だがそれを、スピナが止めた。

「なんで？　あたしの能力なら、オウルがどこにいようとそこに行ける！」

ユニスの英霊としての名は『跳ね駒（はねこま）』。その権能は自由自在の転移である。ことに、その能力の根本をなすオウルがいる場所へは、ユニス自身が場所を把握していなくとも転移することができるという、規格外の性能を持つ。

「それで安全に戻ってこられるのであれば、ザナの啓示にそう出ているでしょう」

だがしかし、欠点もあった。転移する前に、転移先の状況を知ることができないのだ。

「……お師匠様は、なんらかの原因で未曾有（みぞう）の事態に巻き込まれています。おそらく……この世界にはいない。魔界か、もっと別の場所か。いずれにせよ、月の女神の力の及ばぬ地に。であるならば、ユニス。あなたの能力も通じない可能性が高い」

英霊の能力とは、すなわち神の力の残照のようなものだ。神自体の格の差を差し引いても、神そのものであるマリナの力と、既に滅んだ神の力を更に英霊の数だけ分割したものとでどちらが強いかは明白だ。

「だったら、なおさら……！」

「アークを親なし子にするつもりですか？」

スピナの一言に、ユニスはたちどころに勢いを失った。

アーク……ユニスとオウルの間の子、アルクレインはもうすぐ三歳になる。だいぶ言葉も達者になったが、もしユニスが帰ってこられなかった場合、その理由を説明しても理解できないだろう。オウルにとっては唯一の男児でもある。リルやスピナ、他のダンジョンの面々とて彼を無下には扱わないだろうが、オウルとユニスの庇護がなくなれば、つまらない諍いに巻き込まれないとも言えない。

「でも……」

それでも、と言いかけて、ユニスは握りしめたスピナの拳から血が垂れ落ちているのに気がつき、はっと息を呑んだ。

愛情の絶対量ならユニスとて負ける気はしないが、オウルへの忠愛という点においてはスピナに勝るものはいないというのは、誰しも認めるところである。もし犠牲になるのが自分であるなら、スピナは一片の躊躇いもなくそれを実行するだろう。

だが、そのスピナが、ユニスを止めたのだ。それは勿論ユニスへの友情やアークへの愛もあるのだろうが、最も大きな理由はオウルを想うがゆえ。オウル自身が、ユニスが危険を犯すことをけして許さないだろうという確信を、誰よりも強く持っているがゆえであった。

「……わかった」

大きく息を吐き、全身から力を抜いてユニスは呟く。

「大丈夫よ」

その肩をぽんと叩き、リル。

「オウルは絶対生きてる。あいつがそう簡単に死ぬもんですか。それに、オウルが死ねばわたしは自動的に魔界に送還される契約だしね」

「……うん」

マリナの権能すら届かぬ先で、その契約がどれほど有効なものか。何の保証にもならないとは知りつつも殊更明るい声を出すリルに、ユニスは頷いた。

＊　＊　＊

「ぐ、う……」

ずるずると音を立てながら、壁面に預けたオウルの身体が地面へとずり落ちていく。

身体が熱い。視界が霞む。息が苦しい。とても立っていられない。

（一体、何が起きた……？）

マリナと別れ、地上の井戸に出るはずであった。そろそろ階段でも作った方がいいかもしれない、などと思いながら、しかし実際に辿り着いたのは、見た覚えもないダンジョンの中であった。その上、謎の不調が身体中を覆っている。その症状に覚えがあるような気もしたが、激痛と悪寒によって思考もうまくまとまらない。

突然、壁が彼に迫り、ひんやりとした石造りの床が頬にぶつかった。一瞬の後、オウルは壁が迫ってきたのではなく、自分が倒れ伏したのだと気づく。だが気づいてもどうにもならなかった。四肢(しし)に力は入らず、視界はますます霞んでいく。

目近に見える床石に、オウルはふと、雑な仕事だ、などと呑気なことを思った。オウルのダンジョンはもっと細かく、しっかりとした石組みをする。

その粗雑な床石を歩く、軽い足音が伝わった気がした。もはや目は見えず、耳とて聞こえない。オウルが感じたのは床石の微かな振動だ。

「――……」

オウルはそれでも顔を上げ、何事か口に出す。

しかし何と言ったのかは自分ですらわからぬまま、彼の意識は闇に沈んだ。

2

「……ここは……?」

次に目を覚ましたとき、オウルは覚えのないダンジョンの一室で寝かされていた。壁も床も天井も、ついでに言えばすえたような酷い匂いも、オウルの管理するダンジョンとは全く違うもの。

横たわる彼の背には何かの皮のようなものが敷かれていて、石床の硬さと冷たさをほんの僅(わず)かでも和らげようという意思が感じられた。もっとも、その努力はほとんど無意味なものだったが。

「シギケヴ、ィヴ、ク？」

聞き慣れない言葉と声に目を向けると、部屋の入口……扉代わりであろう、粗末な布をめくりあげ、黒い髪の少女が入ってきた。

真っ直ぐな黒髪を肩口まで伸ばした、若い少女だ。年の頃は十六、七といったところだろうか。黒曜石のような黒い瞳が、じっとオウルを見つめている。だがオウルの視線はその瞳の上方……彼女の額に向かった。

そこからは小さな角が一本、生えていたからだ。

「お前が、助けてくれたのか？」

気絶する前に聞こえた足音。それはちょうど彼女くらいの体重のものだった気がする。おそらくこの粗末な敷き布団に寝かせてくれたのも彼女なのだろう。体調は万全ではないものの、倒れる前に比べれば随分マシにはなっていた。

「サリデ、ィヴ、ノイク、サイクセ、ニム、サルアデビ、ム」

少女は困ったような表情で、そう答える。聞いたこともない奇妙な言語。音節の区切りがオウルの知るどの言語ともまるで違う。遠く海を隔てた土地のヤマト語ですら、もう少し理解可能だった。

「……オウル」

オウルは己の胸に手を当て、そう、名前を告げる。

「オウル」

「オウ……ル」

戸惑う少女にもう一度言うと、彼女はその意を察したのか音を真似して呟いた。

「お前は？」

手のひらを差し向けるようにして、問う。

「……フローロ」

少女……フローロは、僅かに逡巡した後そう答えた。ひとまず、これで互いの名前はわかったと思っていいだろう。

「オグナサルプラマルサッセエイク！」

その時、部屋の外から苛立った男の声が聞こえてきた。

「セズ！」

フローロは弾かれるように返事をし部屋を飛び出す。

「オウル。エイテ、ィク、アロクナ、ウッセル」

その寸前、ちらりとオウルを一瞥して何事か言いおいた。おそらくはここにいろとかそんな意味だろう。

「ヌノ、ルッスジャム」

「オグナサルプラムシラフィヴノイク！ ジュッノジルラペルプ！」

隣の部屋から聞こえてくる男の声は酷い剣幕で、それに対するフローロの声は控えめでありながらはっきりしていた。これは、仕えるものの声だ、とオウルは思った。

フローロが怒鳴っている男の妻なのか、娘なのか、使用人なのかはわからない。しかしいずれにしてもフローロは服従を強いられる立場であることは確かなようだ。

オウルは壁に張り付くようにして、隣の部屋を覗き込む。そして、娘という線は消えたな、と思った。

怒鳴っているのは、フローロとは似ても似つかない、太った中年男であった。髪の色も目の色もフローロとは違うし、何よりその額には角が生えていない。

「ニギズサヴォペニヴ！　オグナサルプラム！」

男はフローロを何事か叱責し、腕を振り上げる。かと思えばその手に青く輝く鞭のようなものが出現し、男はそれをフローロに向かって振るった。

「やめろ」

それがフローロの身体を打つ寸前、オウルは男の腕を掴み止める。

「オルウイテ、ィクサツセオイク⁉」

男は驚いたように目を見開き、フローロを睨む。

その表情を見ながら、オウルはさて、どうしたものかと思い悩んだ。

思わず割って入ってしまったが、状況はわからないことだらけだ。

フローロには鞭で打たれるに足る理由があったのかもしれないし、なかったのかもしれない。この男はフローロにとってどんな相手なのかもわからなければ、この男にどれほどの後ろ盾があるかも。

あまりそうは見えないが、もしこの男が大人物であった場合、下手に敵対すればオウルの身を滅ぼすことになる可能性もある。

――ならば。

「オヴァルクスイティク、ノカルブナイヴギレ……！」

何事か喚(わめ)く男の言葉が、突然途切れる。彼の肥満した身体が、オウルの手を離れ空中に浮かび上がったからだ。

「サ、サラフィヴノイク⁉　オイテ、ィクサツセオイク⁉」

男は慌てた様子でジタバタと暴れるが、無論そんなことで地面に降りられるはずもない。

見えざる迷宮(ラビュリントス)。オウルが作り上げた魔術武装であり、極小のダンジョンでもある魔道具、ダンジョンキューブ。その不可視の外装が、男を包み込んで持ち上げていた。

ダンジョンキューブは直接相手を攻撃するような、早く重い動きができるようにはなっていない。しかし大蛇のようにゆっくりと相手を取り巻き、締め付けることくらいはできた。そしてその力は、人間の膂力(りょりょく)で外せるようなものではない。

「オ……オウル、サラフィヴノイク？」

フローロが恐る恐る問いかけてくるが、オウルはそれを無視し、男を睨みつけて言った。

「オグナサルプラム」

その言葉にどのような意味があるのかは知らない。だが、罵倒の意味を持っているはずであった。それは先程から男が何度もフローロに投げかけていた言葉だったからだ。

「オグナサルプラミ、ム、サツセオイチクゥク⁉」

案の定、男は顔を真っ赤にして怒鳴る。彼にとって酷く侮辱的な意味だったのだろう。でなければ、人はそれを罵倒として使わない。

「セズ」

オウルはゆっくりとした口調で答えた。これは恐らく「はい」だ。フローロが返事をした時に使っていた。そのままでは丁寧な受け答えである可能性が高いから、オウルは殊更相手を馬鹿にしたような表情で、無礼に聞こえるように言う。

「ヌンニグヴェッラム！　ニヴソギツロミム！　ジョヴァルクッサツセイヴェイ……！」

怒鳴り文句をつける男の前で、オウルは手を掲げ、何かを握るように指先をすぼめるジェスチャーをしてみせた。それと連動させて、男を拘束するダンジョンキューブに圧力をかける。ぎしり、と両手両足、そして首を締め付けられる感覚に、男は焦りを見せた。

「エウルフリロフ！　ネルプスラムネヴ！」

男は何かを命ずるように怒鳴る。

「ウツラフ！　ノルヌイティクセク、フローロ！」

だがオウルが反応せず更に締め付けていくのを悟ると、フローロに向かって怒鳴った。頼るタイミングが随分遅い。ということは妻や娘ではあるまい、とオウルは当たりをつける。信頼関係が──それが一方的なものであれ──あるのであれば、人はもっと早く頼る。

「オウル！　ウツラフ！」

フローロがオウルの腕に抱きつくようにして止めようとする。だが、ダンジョンキューブは別にオウルの腕で動かしているわけではない。オウルに止める気がない以上、無駄な行動であった。

「ウツラフ……ニグセク……」

男の語気が急激に弱まり、頼むような響きを帯びる。言葉が違ってもこの手の人間の言うことは同じなのだな、と思いながら、オウルは眉を上げて問い返した。

「『ニグセク』？」

言葉の意味はわからない。だが、それはまだ『懇願』ではないことだけはわかる。まだ男は『命令』している。

「サテピ、ミ、セクロヴノブ……」

男は一瞬屈辱に表情を歪めた後、力なくそう『懇願』した。オウルは満足げに頷き、微かに笑みを漏らす。男の身体が僅かに弛緩し、彼が安堵したのがわかった。

「フローロ。怪我はないか？」

そしてオウルはフローロに向き直り、彼女に殊更優しくそう問いかけた。

「ウム……？　ニギ、ネルプロフ、スヴォピ、ヴ、ク……？」

男が不思議そうな声を上げる。だがオウルはそれを無視した。無視しながら、締め付けを更に強くする。

「イドネタウ、ロヴノブ！　ニギテメヅロヴノブ！　サテプノドラピム！　サテプノドラピム！」

男が叫ぶのは怒りの文句か、それとも命乞いの懇願か。声から想像できるのは後者のような気がしたが、オウルは徹底して無視したし、事実として興味もなかった。

「オウル……ニミ、プレフ、ロヴノブ？」

フローロが控えめに、オウルに何か告げる。まあ、男を助けてやれという内容だろう。

「セズ！　ニミプレフ！」

喚く男にオウルはもう一度視線を向けて。

「うるさい」

平坦な声で、ただそう告げた。何の感情も興味も交えない、怒気や苛立ちさえ籠もっていない、家畜に対して告げるような声色。

「ア……」

オウルが自分を救う気などないのだと察した男の顔が、青く染まっていく。そしてそのまま、彼は項垂れ、動かなくなった。気脈を本格的に封じ、気絶させたのだ。

「ニグ、シギトロミ、ヴ、ク？」

地面に下ろした男に恐る恐る近づき、フローロは問う。『殺したのか』といったところだろう。

「いいや。殺してはおらん」

男にどれだけの後ろ盾があるのか、敵対することの危険度がどれほどなのか、オウルにはわからない。だから男を止めるなら方法は一つしかなかった。

恐怖で、徹底的に心を折ることだ。

オウルは男の頭に触れ、先程までの記憶を封じた上で気付けをしてやる。激しく咳き込みながら男が起き上がる前に、オウルは隣の部屋へと戻った。

「オイク……シラヴィヴノイク……？　オグナサル……！」

頭を振りながら、男はフローロに怒鳴りつけようとして固まる。

「アルプ、ニグ、ネト……」

そして何かを恐れるように辺りをキョロキョロと見回し、フローロに何かを言い残して去っていった。

記憶は消しても、感情は消えはしない。むしろなぜ自分が恐怖を感じるのかわからない分、かえってそれは大きく不気味なものとなって襲いかかる。彼はもうフローロを怒鳴りつけ鞭打つことはできないはずだ。その行動が、オウルが与えた恐怖と強く結びついているがゆえに。

「オウル……サツセ、イ、ヴイク……？」

「悪いが」

大きく目を見開いて尋ねてくるフローロに、オウルは肩をすくめて答えた。

「お前が何と言ってるのかは、全くわからん」

3

「と……」

オウルは突然目眩(めまい)を感じ、壁にもたれかかる。その症状に、オウルは心当たりがあった。

魔力失調だ。自分のダンジョンから切り離された上に、体内の魔力までもがほとんど抜けてしまっている。僅かとはいえ魔術を使うことによって、体調が悪化したのだろう。

とはいえ、そもそもオウルがそんな状態になるのは奇妙なことだった。補給なしで丸一晩マリナと睦み合っていたのだから多少の消耗は不思議ではないが、体調を崩すほどに失っているというのはおかしい。

「……イドネタ、ウロヴノブ」

フローロはオウルにそう言いおいて、部屋を出ていく。オウルが不調が治まるのをじっと待っていると、ややあってフローロはコップに入った水とパンを持って戻ってきた。

「イグナムロヴノブ」

そして、それをオウルにそっと手渡す。食べろ、ということだろう。オウルの不調を空腹であると思ったのか、それとも気休めか。いずれにせよ、食事には僅かながら魔力が含まれている。オウルはありがたくそれを食べようとして、手を止めた。

乾燥しきって、まるで石のように固いパン。明らかに不衛生で、不純物が浮きすえた匂いの漂う水。オウルの価値観からすると残飯より酷いその内容に、彼は思わず顔をしかめた。

一旦皿を床に置き、オウルは何かなかったかと懐を探る。幸い、非常食として携帯していたチーズと干し肉が入った袋が見つかった。

オウルはそれを小さく削ってコップに注ぎ入れ、熱を呼び覚まして温める。熱だけを呼び出す魔術は制御が難しいが、炎を出す魔術に比べて消費が少なくてすむし、木製のコップも燃やさずにすむ。

そうして作り直したスープに千切ったパンを浸して食べると、ほんの多少ではあるがマシな味になった。できれば人参と玉葱に胡椒も欲しいところだが、この状況では贅沢な要求だろう。

と、オウルが半分程を食べたとき、不意にきゅるるるる、と奇妙な音がした。不審に思って聞こえてきた方を見ると、フローロは己の腹を押さえ顔を赤く染めていた。

「――ああ」

オウルは己の考えが及んでいなかったことを恥じる。つまりこの少女は、自分の食べるべき分を分け与えてくれたのだ。

「すまなかったな。残りはお前が食べろ」

オウルは皿とパンをぐいとフローロに押し付ける。フローロは戸惑ったように首を振っていたが、オウルが座ったまま壁にもたれかかって聞く耳を持たぬと言わんばかりに腕を組むと、ゆっくりとオウルを真似るようにパンをスープにつけて食べ始めた。

「アツスグノブ……」

ぽつり、と呟く彼女の表情が、花のように綻（ほころ）ぶ。そしてそのまま夢中になって食べ始めるフローロを眺めながら、オウルは思索に耽（ふけ）った。

一体なぜ自分はこんなところにいるのか。ここは一体どこなのか。なぜ自分の身体から魔力が失われているのか。

フローロに尋ねられれば手っ取り早いのだが、生憎（あいにく）と言葉が通じない。かつて異大陸でユツやザナにやったような手段で言葉を通わせることは不可能ではないが、それには相手と交わる必要がある。

流石（さすが）に命の恩人を無理矢理犯すような真似は、魔王と恐れられるオウルといえどはばかられた。

「オウル」

名を呼ばれオウルが我に返ると、フローロは空になった皿を前に両手を合わせ、オウルをじっと見つめていた。

「ンジョルバパク、ンジャノブ、サヴァヒ、ヴ」

「気にするな。元はと言えばお前が救った命、お前がよこした食料だ」

あいかわらず何と言っているかはわからないが、適当に返事をするオウル。

「イドネタ、ウロヴノブ」

彼女は先程聞いたのと同じ言葉を残して、再び部屋を出ていった。恐らく、「ここで待て」というような意味なのだろう。そうやって少しずつ言葉を覚えていくしかないわけだ、とオウルは嘆息した。

とりあえず「オグナサルプラマ」が罵倒の言葉であることと、「ロヴノブ」が「お願いします(プリーズ)」に当たる表現であることなど、ある程度のことはわかってきたが、この分ではまともに意思疎通できるようになるにはどれほどかかることか。

フローロは先程よりも長い時間が経った後、戻ってきた。その手には何やら青い石英の結晶のようなものが握られている。

「何だ、これは？」

「イグナム、ロヴノブ」

またロヴノブだ。フローロはそう言いながらオウルに結晶を手渡し、口を開けて入れるようなジェスチャーをしてみせた。

「まさか……これを食え、というのか？」

「イグナム、ロヴノブ」

オウルが尋ねると、フローロは彼の口を指して同じ言葉を繰り返す。どうやらそのまさからしい。

とはいえ、オウルを害するつもりがあるなら寝ている間にそうしているだろう。危害を与えるわけでなくても不利益に転ずる様々な可能性はあったが、考えても仕方がない。意を決して、オウルはそれを口に入れた。

硬質な結晶は、しかし口に含むとまるで氷のようにさらりと溶ける。味はしなかった。

「私の言葉が、わかりますか、オウル？」

しかし次の瞬間彼の耳を打った言葉に、オウルはフローロの首を掴んだ。

「貴様……俺に何をした！」

「言葉、を……覚えて、もらい、ました……」

首を絞められながら苦しげに、フローロはそう口にする。

耳に聞こえてくる言葉は「ソジョツロヴ、ァル、シンレリ、ム」だ。なのにその意味がオウルにははっきりと理解できた。

身体が、作り変えられている。

一切の違和感はなかった。痛みもなく、衝撃もなく、体内の魔力も全く正常に流れ続けている。それが、かえって一層不気味であった。

「答えろ。お前は……」

言いかけ、オウルはふとあることに気づいた。

「お前、この目は、どうした」

フローロの左目。黒曜石のような黒い瞳の片方が、焦点を捉えていない。

「これは……」

オウルの手から解放され、フローロは文句を言うでもなく、そっと顔を背けた。つい先程までは、こうではなかったはずだ。

「見せてみろ」

オウルはフローロの頭に触れ、魔力で彼女の瞳を走査する。あらゆる魔術の中でも、医療魔術は彼の最も得意とするところだ。

「……何だ、これは」

そしてその彼をして、彼女の目は見たことのない状態であった。

フローロの左目は、完全に視力を失っている。にもかかわらず、眼球も神経にも一切の傷がついていない。まるで極めて精巧(せいこう)な模型を入れているかのようであった。

「ありえん……いや」

オウル自身は実際に目にしたことはなかったが、このようなことになる方法は一つだけ知っていた。

悪魔との、取引だ。彼らは血や魔力、魂を好むが、場合によっては能力や肉体の一部を要求することがある。ちょうど、視力を代償にした人間は、このようになるらしいと聞いたことはあった。

「お前……売ったのか、視力を」

一体何のためにか。それは、少し考えればわかることだった。水同然のスープをありがたがって飲むような娘が、人の言葉を覚えられるような石をどうやって手に入れてきたのか。

「目は二つありますから……」

オウルがそう悟ったことを、フローロもまた悟ったのだろう。彼女は観念したような笑みを浮かべると、そう答えた。

「けれど、あなたに伝える方法は、これしかありませんでした。オウル、料理を作ることができるということを、他人に見せてはいけません」

「なぜだ？」

そもそもあんなものは、料理と呼べるほどの大仰なものではない。思ってもみない言葉に、オウルは目を瞬(またた)かせる。

「奪われてしまいます」

「お前のその目と同じようにか」

オウルが言うと、フローロは瞳を伏せた。

「そんなことを伝えるために、お前は目を売ったのか？」

仮に料理の技術を奪われたとして、オウルはさほど困らない。そこまでの腕前は持っていないし、なくなったとしてもまた磨けばいいだけの話だ。

「そんなこと、ではありません」

だがフローロはきっぱりとそう言った。

「オウル。あなたは私を助けてくれました。その恩に報いなければなりません。そのスキルがあれば、この底辺から抜け出すこともできるでしょう」

「底辺？」

オウム返しに問うオウルに、フローロは頷き、答える。

「ここは壁界(ヘキカイ)の底辺、最下層。奪われたものの行き着く場所です」

4

「壁界……？」

未知の言語を理解できているというのは、極めて不思議なことだった。魂を繋いで意思を疎通するやり方とは随分違う。

壁界という言葉はオウルの知る言葉の中には同じニュアンスのない言葉だ。だが同時に、『壁』という言葉と『世界』という言葉に近い意味合いを感じる。その二つの言葉自体が、親しいものではないというのにだ。

「そもそもここは何なのだ。どこの……」

ダンジョンだと言いかけ、オウルは言いよどんだ。ダンジョン、という言葉に相当する語彙が植え付けられた言語知識の中に存在していない。

それどころか、『地下』や『迷宮』という言葉すら。

「……お前は外のことを知っているか？」

代わりに、オウルはそう問うた。

「どこの外ですか？」

突然変わった話題に、フローロは不思議そうにしながらも尋ねる。

「最上層より更に上。このような、壁のない場所のことだ」

コン、と拳で壁を叩き、オウル。

ここが地下であることは間違いのないことだ。音の反響具合、温度や湿度、空気の動きなどが全てそれを示している。オウルがダンジョンの見立てを間違うことの可能性は、太陽が西から昇ってくるよりも低い。

「壁のない……場所……？」

だがフローロはオウルの言葉に酷くショックを受けたようだった。

「そんな場所があるはずありません。壁がなかったら、人はどこに暮らせばいいのですか。それに、壁がなければ……どこまでも行けてしまうではありませんか」

これに、オウルは頷く。

「そうだ、その通りだ。外とは、どこまでも行ける場所のことを言うのだ」

「……そんな場所があるなんて、信じられません」

フローロは首を振って、そう答えた。だがそれは、オウルとて同じ気持ちであった。

つまりはこういうことだ。今オウルは巨大なダンジョンの中にいて、そこに暮らすフローロは、ダンジョンの外の存在を知らないし、想像もできない。

言葉には『空』だとか『太陽』、『地上』といった語彙もなく、壁と世界がイコールでくくられてしまうほどに、ダンジョンはあって当たり前のものなのだ。

そんな世界が、ありうるだろうか？

いや、ない。オウルは即座にそう判断した。ダンジョンは閉じて独立した空間として維持することができない。

人は獣を食べる。獣は更に小さな獣を食べ、小動物は草を食む。その植物が育つには、水と陽の光が必要なのだ。中には光がなくとも育つ苔のようなものもあるが、そういった種は成長が遅く、更に獣の死骸のような栄養が溶け込んだ土か水を必要とする。

とにかく、外部からの補充……最低でも陽の光がなければ、ダンジョンの『中身』というのは目減りしていく一方なのだ。故にオウルのダンジョンでは入り口を複数設け、外部からの侵入を常に許している。

だが少なくとも、フローロがそれを知らずに暮らしていけるほどには、出口というのは遠いのだろう。それならオウルの魔力が失われていることにも説明がつく。

大気中に漂う魔力が極めて希薄(きはく)なのだ。オウルの迷宮のように龍脈の只中(ただなか)にあるようなダンジョンは例外としても。普通は空気中にも多少の魔力が含まれている。だが極端に魔力が枯渇した空間に放り出された結果、オウルの体内の魔力は周囲に放出され、消耗してしまったのだろう。

「まあ信じられぬなら、信じずともよい。どの道俺もそこにさしたる興味はない」

誰も空を知らぬ世界で、空を目指す物語。

オウルでなければ、そんなものが始まったのかもしれない。しかしここにいるのは掛け値なしのダンジョン馬鹿であった。

それに、仮に外に出たとしても、彼が抱える問題が解決するわけではない。

——元の世界に戻れぬという問題は。

オウルがこのダンジョンに迷い込み、一体どれほどが経っただろうか。気絶している間の正確な時間はわからないが、体調の具合からしても二刻（約四時間）は経っていると考えるべきだろう。元の世界ではとうに月は沈み、日が昇っているはずだ。

それほどの間オウルとの連絡が途絶え、どこに行ったのかもわからないとなれば、ユニスは間違いなく転移で迎えに来るはずだ。来ないということは、来ることができないと考えるべきだろう。

最善は転移自体を試みていないということで、試したが転移はできなかったというのがその次によい。最悪なのは、転移自体はできたがここに辿り着くことはできず、ユニスが時空の狭間にでも閉じ込められるという事態だ。

　考えたくもないことだが、ないとは言えない。ユニスの性格からすれば転移を試みようとするのは半々といったところだろう。リルは止め、スピナは促すだろうか。いずれにせよオウルにできることは、彼女の無事を祈りつつ帰還の方法を探ることだ。

「オウル……あなたは、その壁の外というところから来たのですか？」

「ああ。まあ、そんなところだ」

　正確には月の上からなのだが、空すら知らない相手に月のことを説明しても仕方がない。

「それで……スキルのことを知らないのですね」

「先程も言っていたな。スキルとは何だ？」

　言葉のニュアンスは、先程食べさせられた石の効果なのかなんとなくはわかる。意味としては『技術』だとか『技能』というような言葉に近いが、それだけではないようであった。

「……実際に見せた方が早いでしょう。ついてきてください」

　そう告げて、フローロは部屋を出た。オウルが彼女の後を追ってしばらく通路を進むと、フローロはやがて広間のような場所で足を止める。

「……？　ここが目的地か？」

　それは奇妙な場所であった。三十フィート（約九メートル）四方ほどの広さがあるというのに調度品の類は一つもなく、人が使っている形跡もない。もしオウルがこのような部屋をダンジョンにわざわざ作るとするなら、守衛を置くか大掛かりな罠を仕掛けるかのどちらかだろう。

警戒するオウルの視界に、信じられないことが起こった。突如、何もない空間にポンと音を立てて小さな獣が現れたのだ。

小さいといってもオウルの膝の高さほどはある、ネズミともうさぎともつかない奇妙な獣であった。それは額に鋭い一本の角を持ち、一直線にフローロに向かって突進する。

「はっ！」

フローロが服の裾から手のひら程度の鉄片を取り出すと、それは次の瞬間には七フィート（約二メートル）ほどの鉄棍に変化する。彼女はそれを両手で構えると、獣を思い切り打ち付けた。ギャンと声を上げて獣は壁に叩きつけられ、絶命する。そして、青い石とパン、毛皮を残して消えた。

「な……」

「これがスキルです」

毛皮でパンを包み袋状に結びながら、青い石をフローロは差し出す。

「角兎（つのうさぎ）の落とすスキルは『突進』ですね。あまり使い勝手のいいスキルではありませんが……」

「待て。今、何が起きた？」

驚愕（きょうがく）に最大限まで目を見開きながら、オウルは問うた。

「先程の獣はどこから出てきた。そしてどこへ行った。その毛皮とパンは一体何だ⁉」

「どこから、と言われましても……ただポップして、殺したので素材をドロップしただけですが……」

戸惑うように答えるフローロに、オウルは頭を抱えた。『スキル』などというものよりも遥かに不可解なことが目の前で起こっていたが、フローロはそれに疑問や違和感を抱いていない。

「つまり獣は、何もないところから現れて……殺すと、その……素材を落として、消える。それが、当たり前だというのだな？　お前が特別に何かをしたわけではなく」

「はい……モンスターですから。オウルのいた場所では違うのですか？」

「モンスター？」

オウルの知る言葉で言えば、『魔物』に近い言葉。『猛獣』ではなく『魔物』だ。つまりそれが尋常ならざる生き物であるという認識はあるようで、オウルは少しだけホッとした。

「虚空から現れ、死んでも死体を残さず、素材とスキルを落として消える生き物。それが、モンスターです」

それはオウルにとって信じがたい話であった。だが、それが本当であるならば彼女の言う「外のない世界」にも説明がつく。虚空から資源が生まれるのならば、ダンジョンが閉じた世界であろうと何の問題もない。

……ないわけが、ない。そもそもなぜパンを落とすのだ。パンとは小麦を挽いて粉にし、酵母などを加えて発酵させ、焼くことで出来上がるものだ。断じて、生き物を殺した時に発生するような代物ではない。

　オウルが目眩と頭痛を堪えている間にも度々不定期にフローロが角兎と呼んだ獣が現れ、彼女はそれを淡々と殺して素材を拾う。青い結晶や素材は必ず同じように落とすわけではなく、落としたり落とさなかったりするようだった。どちらかと言えば、落とさない場合の方が多い。

「オウルのように、素材から何かを作るスキルというのは極めて貴重なものです。モンスターからは手に入れることができませんから」

「ならばどうやって手に入れるのだ？」

　反射的に投げかけたオウルの問いに、フローロは当たり前のように答えた。

「人から、奪うのです」

How to Book on the Devil

DUNGEON INFORMATION

ダンジョン解説

登場人物 characters

オウル

種族:人間
性別:男
年齢:96歳
主人:なし
装備:ダンジョン・キューブ、魔王のローブ
容量:0/???
所持スキル:医療魔術LV10、攻撃魔術LV7、変性魔術LV10、幻影魔術LV10、召喚魔術LV10、付与魔術LV10、死霊魔術LV10、呪術LV10、迷宮魔術LV11、錬金術LV10、地図作成LV10、魔力操作LV11、魔物知識LV10、調理LV4、性技LV10、他多数

遥か彼方から原因不明の事象により来訪した魔王。この世界の『スキル』とは異なる体系の技術を多数持ち、それらは相互に関与しているため一部を奪っても模倣は極めて難しい。その技術は極めて高度なものだが、魔力の大半を失っており回復の手段にも乏しいため縦横無尽に使うというわけにはいかなくなっている。

フローロ

種族:魔族
性別:女
年齢:17歳
主人:コートー
装備:自在棍、【呪】粗末な服
容量:0/999
所持スキル:なし

オウルを助けた奴隷の少女。奴隷になった際に全てのスキルを剥奪されている。本人に自覚はないがそれ故にスキルに頼らない戦い方を習熟しており、『棍技LV3』程度に相当する戦闘能力を持っている。

道具 item

【ダンジョン・キューブ】

魔王オウルが手ずから作り出した魔道具であり、世界最小のダンジョン。オウルの術により自在にその形を変え、矛にも盾にも建造物にもなる。その外郭は『見えざる迷宮(ラビュリントス)』と呼ばれる不可視の石壁で作られており、常にオウルを守っている。


【魔王のローブ】

オウルが普段から着用しているローブ。極めて高度な付呪がなされており、耐熱、耐寒、耐電、耐呪に強い力を発揮し、物理攻撃に対しても生半可な鎧よりも高い防御力を持つ。


【自在棍】

フローロが使用する金属製の棍。その大きさを手のひらに収まる程度から、10フィート(約3メートル)程度の間で自由に変化させることができる。雫球が極めて稀にドロップする。


【(呪)粗末な服】

フローロが身につけている服。粗末な服そのものは鞭獣がドロップするものだが、呪われているそれは着用者の特定の能力を大きく減退させる効果を持つ。


【毛皮の布団】

角兎がドロップする小さな毛皮を集め、敷いたもの。床に直接寝るよりはマシだが、縫製しているわけでもないので寝返りをうつ度にずれ、僅かな段差が眠るものにじわじわとダメージを与える。

モンスター monsters

角兎

ドロップ:「突進」、小さな毛皮、固いパン、☆小さな角

主に最下層でよく見られるモンスター。気性は荒く攻撃的だが、角を突き出し突進してくることしかしないため、倒すのはさほど難しくない。極稀に小さな角を落とすが、あまり使いみちはない。

雫球

ドロップ:濁った水、☆自在棍

壁界でもっとも弱いといわれるモンスター。あらゆる階層で出没する。温厚で大人しく、人を襲うことは滅多にない。子供でも倒せるほどに弱く、質は悪いが水を落とすため、最下層で生きる貧民たちの生命線となっている。

鞭獣

ドロップ:「鞭打」、粗末な服、☆干し肉

毛に覆われたずんぐりとした身体と太い手足、そして特徴的な長い舌を持つモンスター。動きは遅く自分から人を襲うことはあまりないが、不用意に近づくとその長い舌で攻撃してくる。落とすスキルは傷をつけずに痛みだけを与えることに優れており、服と合わせて奴隷の使役に利用される。

Step.2　奪われたものを取り戻しましょう

1

「オウル。やっぱりやめましょう。危険すぎます」

「ええい、お前の判断など知ったことか。いいからその手を放せ」

縋(すが)り付くようにして服の袖を引っ張るフローロを、オウルは引きずるようにしてダンジョンの廊下を歩く。そうするうちに気づいたのは、少なくともこの辺りには扉というものが存在しないということだった。

フローロが言う通り、『何かを作る』という技術を持っている者は極めて少ないのだろう。木材を手に入れることはできても、それで扉を作ることができる者がいないのだ。

扉の代わりにボロ布のようなものがかけてあることもあるが、大半の出入り口は剥(む)き出しだ。であるがゆえに、部屋と通路、内と外というものが極めて曖昧であった。

オウルのダンジョンであれば、誰か個人の部屋の内側と、そうではない共有の通路というのは扉によって厳密に隔てられている。しかしそれがないこのダンジョンでは、通る道を誰かが所有しているのか、誰も所有していないのかが非常にわかりづらい。

フローロにそのあたりを尋ねると、最下層においてはそもそも何かを所有するという概念自体が希薄であるらしい。そこにある場所や道具は誰もが勝手に使うし、それを咎めるような者もいない。そんな場所において、はっきりと所有していると見なされるものが二つある。

一つは、『スキル』。

そしてもう一つは……

「奴隷は、まともに相手などしてもらえません。大事なものを奪われるだけです」

――奴隷。すなわち、人であった。

「俺は奴隷ではない」

「いいえ。この最下層に降りてきた時点で、あなたは奴隷なのです、オウル。誰にも所有されていない奴隷は、何をされても文句は言えません」

フローロは悲しげに目を伏せ、申し訳なさそうにオウルに告げる。

「あなたが元いた場所で高い地位にあったことは、着ているものを見ればわかります。けれどもう……あなたは、奴隷なのです」

それは彼を心配しているだけと言うには、あまりに親身な口調であった。まるで我がことのような。

おそらくは、そうなのだろう。

奴隷にしてはフローロの顔立ちは整いすぎているし、所作や口調も洗練されている。彼女自身がかつては高貴な立場にあり、そしてなんらかの理由でその身を奴隷に落とした。

オウルに世話を焼いてくれるのも、似たような境遇と見た彼への同情ゆえか。

「たとえそうだったとしてもだ」

オウルは奇妙な苛立ちを感じながら、フローロに言い放った。

「俺は心根まで奴隷になるつもりはない。従って生きるか、従わずして死ぬかは己で決める」

フローロはその言葉に驚いたように手を放すと、彼の顔をじっと見つめた。

「感動的な言葉ですわね」

突然、物陰からシュルシュルと聞こえてきた音に、オウルとフローロは同時に目を向ける。

「いかがなさいまして、フローロ？　何か買い忘れですの？」

それは大きな蛇が地面を這(は)いずる音だった。

「そちらの方は初めて見る顔のようですけれど……」

しかし現れたのは、女の姿。濃い紫の髪を長く伸ばし、豊満な胸元を惜しげもなく晒した美しい女性であった。ただし、それは上半身に限った話のこと。腰から下は鱗に覆われた蛇そのもの。

オウルの知る亜人種……ラミアによく似た姿の女であった。

「お前がこいつの目を買い取ったという商人か？」

「ええ。ナギアと申します。どうぞお見知りおきを」

ナギアと名乗った半人半蛇の女は、優雅に一礼してみせた。

「オウルだ。悪いがそいつを買い戻したい」

「あらあら。まあまあまあ。ではもしかして、あなたが言語スキルをお使いになった方ですか？」

芝居がかった口調でナギア。

「そうだ。何か不都合でもあるか？」

「いいえいいえ、不都合などございませんわ。けれどもわたくし、返品は受け付けておりませんの。改めて、別の物と交換という話であれば喜んで応じさせて頂きますわ」

「では、私の言語スキルと交換してください！」

にこやかに答えるナギアに、フローロが割って入る。

「申し訳ありませんが、フローロ。それでは足りませんわ」

「な……」

全く申し訳ないとは思ってなさそうな表情のナギアに、フローロは絶句した。さもあろう、とオウルは思う。

「なぜですか⁉　さっきはそれで交換してもらったではありませんか！」

「フローロ。それが商いというものなのです。同じ価値のものを交換しても得にはなりません。あなたの瞳と交換ともなれば……その十倍は価値あるものを頂けませんと」

やはり、フローロは相当買い叩かれたらしい。奴隷をまともに相手してくれる者などいない。奇しくも彼女が先程言った通りのことが、フローロの身に起こっていた。

「そんな……」

「どいていろ、フローロ。そいつの言うことはもっともだ」

とはいえ、商取引において利益を出そうとする姿勢そのものは商人として当然のことである。

「わたくし、物分かりのいい殿方は好きでしてよ。では、オウル。あなたは何を対価として差し出して頂けるのでしょうか……」

ナギアがすっと目を細め、オウルを見つめる。

その瞬間パチリと音がして、ナギアは痛みを堪えるように目を閉じた。

「……っ⁉　今のは……⁉」

「何やら悪さをしようとしたようだな？」

顔を押さえるナギアに、オウルはニヤリと笑みを見せる。彼女はなんらかの術をオウルにかけようとした。しかし、オウルが張った魔術防護がそれを防いだのだ。

「素晴らしいですわ……！　わたくしのスキルを防ぐスキルなんて、聞いたこともありません！」

ナギアは興奮した様子でそうまくしたてる。

「いかがでしょう。そのスキルを頂けるのならば、フローロの瞳をお返しいたしますが」

「いけません、オウル！　ナギアの言うことに耳を貸さないでください！」

ぐいぐいと袖を引っ張るフローロを無視して、オウルは少し考える素振りを見せた。

「構わんが……俺のこれはスキルとやらではない。術だ。それでもいいか？」

「術……ですか？　よくわかりませんが……承知いたしましたわ」

不思議そうに首を傾げつつも、ナギアは頷いた。生まれ持った視力を奪えるのだ。別に特別な能力でなくても、手に入れることができるのだろう。

「では交換だ。念を押すが、この術だけを奪い、フローロの目を返すということでいいのだな」

「ええ、勿論。商いで嘘はつきませんわ」

にっこりと微笑むナギアに、嘘だな、とオウルは直感した。

「駄目です、オウル……！」

「では受け取れ」

止めようとするフローロをぐいと押しのけ、オウルは告げる。

「では、失礼致しますね」

ナギアがするりとオウルの胸に向かって手を伸ばすと、その指先が彼の身体の中にずぶずぶと埋まっていく。痛みはないが、頭の中を探られているような奇妙な不快感があった。

「これは……すごいですわね」

ややあって、ナギアはその中から小さな宝石を取り出した。フローロがオウルに食べさせたものより小さいが力強く光り輝いていて、尖ったところの全くないつるりとした真球の形をしていた。

「これほど見事に磨き込まれたスキル、初めて見ましたわ」

その輝きをうっとりと眺め、ほう、と溜息をつくナギア。

「なるほど……抜き取られるとこうなるのか」

一方でオウルは、奇妙な感覚を味わっていた。

己の中から、魔術防護に関する知識や記憶がすっぽりと抜け落ちている。確かに知っていたはずのことが、どうしても出てこない。それでいて、「そこに無くしたものが存在していた」こと自体は認識できている。

忘れたこと自体も思い出せない記憶操作の術とは全く違う、不思議な状況だった。

名前：ナギア
種族：尾族（びぞく）
性別：女
年齢：十六歳
主人：サルナーク
所持スキル：『鑑定』『スキル結晶化』『剣技LV（レベル）2』

オウルがその感覚を検証していると、不意に彼の視界にそんな文字が現れた。

「なっ……！」

「妙な術だな。これが『鑑定』とかいうスキルか。……しかしお前、思ったよりも若いのだな」

驚愕するナギアに、目の前の文字を眺めつつオウル。てっきり二十代の半ばくらいはいっていると思っていた。そう思わせるだけの色香と豊満さである。もっともオウルの知る暦と同じ早さで歳を取るとは限らないか、と思い直す。

「何をしたんですの⁉　このスキルはしっかり奪ったはずですのに……！」

「スキルではなく術だと言っておるだろうが。そして、俺が持っている術はそれだけではない」

ナギアが手に入れた魔術防護は、直接的に干渉してくる術に対する手段としては最も基本的、かつ低級のものだ。意識せずとも常時展開していられるが、その代わりに防ぐことのできる術には限りがあり、どのような術をかけられたかもわからない。

オウルは意識すればそれより高度な対抗魔術をいくつも使うことができる。例えば高度な術をも無効化するものや、相手に無効化したことを気づかせずに術の性質を解析するもの、そして今使った……術の内容を相手にそのまま跳ね返すものなどだ。

「ぜひともそのスキルもお売り頂きたいところですわね……あら？」

言いつつ、ナギアはオウルから受け取った結晶を口に含む。そして、怪訝そうに眉を寄せた。

「……何、なんですの、これは……？」

「言っただろう。それはスキルではなく、術だと」

スキルという言葉が『技術』と異なるのは、それは独立しているということだ。前提となる他のスキルというものが存在せず、単独で扱える。

だが、オウルが培ってきた術はそうではない。あらゆる術が別の術と相互に関連し、積み重なり、体系だって成り立っている。だからこそ、術一つだけを取り出しても何の役にも立たないし、逆に一つだけを抜かれても他の知識からそれを補完できる。

オウルは既に抜き取られた魔術防護を己の中で再発明していたし、逆にナギアにはそれを扱うことができない。前提となる魔力の収束も、それを全身に巡らす方法も、無詠唱で魔術を扱うやり方も、何もかもわからないからだ。

言うなれば、一つたりとて聞いた覚えのない材料、調理法の載ったレシピだけを渡された状態に近い。一方でオウルは、作り方を忘れても何を作りたいかは覚えているのだから、一からレシピを考案することができる。

つまりこれは最初から、彼にとっては一切の損のない取引であった。

「さて、約束通りフローロの瞳を渡してもらおうか」

「………………承服、しかねますわ」

手を差し出すオウルに、ナギアは不満げに顔をそらす。

「このようなもの、不良品じゃありませんわ！　取引に応じるわけには参りませんわね」

「俺は、最初からスキルではなく術だと言っただろう。それとも約定を違えるというのか？」

オウルの言葉に、ナギアはクスリと笑って答える。

「あら。そんな約束、しましたかしら？」

すらり、と彼女の腰から剣が引き抜かれる。やはり最初からまともに取引する気などなかったのだ、とフローロは歯噛みした。もっと強くオウルを引き止めていれば、と悔やんでももう遅い。

「そうか」

だがオウルは悔しそうな素振りなど一切見せずに、静かにそう答え。

「では、魔術師相手に約定を違えた報いを受けよ」

呟くように、そう告げた。

「あっ……ああああ!?」

途端にナギアは剣を取り落とし、地面に転がる。

「痛い……！　痛い痛い痛い痛い！　何をッ……！　しました、の……!?」

「異なことを言う。したのはお前の方であろう？」

悶え苦しむナギアを見下ろし、オウル。

その表情を見て、フローロは戦慄した。

人をいたぶり、苦しめ、傷つけることを楽しむ者は多い。彼らはそうするとき決まって笑みを浮かべる。陰惨で下劣な、汚らわしい笑みを。

だがオウルは、全くの無表情だった。彼はナギアの苦しみを全く楽しんではおらず、それどころか興味すら持っていない。

「魂を締め付ける痛みだ。肉の痛みと違って慣れることも狂うこともできぬ」

ただ必要だからしただけ。

それは加害を楽しむことよりも、よほど恐ろしいことに思えた。

「許し……てっ……ください、ませっ！　お願い……っ！　お願い、しますっ！」

耐えきれない苦痛に涙を流しながら、ナギアはそう懇願する。

「痛みから解放されたいなら簡単なことだ。お前が約束を守ればいい」

「持って……ないん、ですぅっ！　フローロの瞳は……主人に……サルナークに、渡して……しまい、ましたの……っ！」

ではやはり、ナギアは最初から約束を守るつもりなどなかったのだ、とフローロは思う。しかしオウルはそれをわかった上で彼女と約束した。そちらの方が衝撃的で、ナギアを責める気にはなれなかった。

「そうか。ならば仕方がないな」

「オウル……！　もう、許してあげてくれませんか？」

見るに見かねて、フローロはオウルにそう頼んだ。

「許すも許さぬもない。約束とは契約であり、契約とは呪い。魔術師との契約を破るというのはこういうものなのだ。俺が今、こいつを苦しめる何かをしているわけではない」

つまりオウル自身でさえも、ナギアの苦痛を止めることはできない。言外にそう告げる彼の言葉に、ナギアの顔がみるみるうちに青ざめていった。

「それは……それは、あまりにも哀れではありませんか。これほど苦しむほどの咎を、彼女はなしたというのですか？」

「俺を心配し止めていたくせに、おかしなことを言う奴だ。しかしまあ、呪いを解く方法はないではない」

一筋の光明に、ナギアはオウルの足に縋りついた。

「お願いっ……！　しま、す……！　何でも、しますからぁ！　この痛み、を……？」

そしてそう懇願して——

唐突に、己の身体から痛みが引いていることを悟る。

「あ……あら……？」

「言ったな」

オウルはニヤリと笑って、ナギアを見下ろし、告げた。

「何でもすると。今度はその約束、違えるなよ」

ナギアは自分が口走った言葉がどれほど致命的であるかを悟るのに、それから更に数秒の時間を要したのだった。

2

「サルナークは……『鋼の盾』と呼び称される、この最下層の支配者です」

己の主について知りうることを話せ。

そう命じられたナギアは、そう切り出した。

「『鋼の盾』だと?」

「ええ。その二つ名は、そのままサルナークが持つ希少スキルの名前でもあります。全ての物理攻撃を無効化するスキル……つまり、ありとあらゆる攻撃は彼には一切通じませんの」

彼女は『鑑定』がオウルに弾かれたことに驚いていた。つまり通常は『鑑定』を阻害するようなスキルなど存在しないし、そもそも相手を『鑑定』したことにも気づかれない。

故に当然のこととして、ナギアはサルナークの能力を鑑定していた。その上で、彼にはけして敵わないことを悟り、奴隷としての立場に甘んじていたのだ。

「ふむ……それで?」

「『それで』? ……ええと……それに、凄腕の剣の使い手でもありますわ。彼の『剣技』のレベルは5ですの」

確かナギアは2だったか、とオウルは思い出す。恐らく数字が大きいほど強いということなのだろうとは思うが、基準はよくわからなかった。

例えば純粋な剣の技術を比べたとき、ユニス、ナジャ、ホデリの三人の中で最も下手なのはユニスである、と聞いたことがある。だが、実際に戦えば勝つのはユニスだ。技術以前に、素の身体能力に大きな差があるからである。

つまり強さというのは、単一の数字だけで比べられるようなものではない、というのがオウルの感覚であった。だがナギアにとってはそうではないらしい。

「うむ。それで？」

「さっきからそれでってなんですの⁉　オウル様は何が知りたいんですの？」

「何って……」

オウルはちらりと視線を下に向け、己の腰にしがみつくようにしながらずりずりと引きずられているフローロを見やった。

「こいつがこんなに俺を引き止める理由だ」

「それは……オウル様を心配しているのでしょう。サルナークは冷酷で容赦のない男ですわ。無事ですむとは思えません」

まあそれは、ナギアのような女を使役している時点でなんとなくわかる。

「オウル、駄目です……！　サルナークの『鋼の盾』にはどんな攻撃も通じません。勝てるわけがないのです……！」

「それについてはわたくしも同感ですわ。オウル様が底しれぬ力の持ち主だということは理解しましたけれど、サルナークの前では全てが無意味なのですから」

口を揃えて言う二人に、オウルはううむと唸った。

「他に特筆するような能力はないのか？」

物理攻撃無効。鋼の盾。

詳しい効果は検証してみなければわからないのだろうが、オウルがその言葉から感じた印象は酷く不完全というものであった。

物理攻撃とわざわざ明言するということは、非物理的な攻撃は効くのだろう。

鋼は確かに硬く強靭な金属であるが、絶対に破壊できないわけではない。

そもそも盾という防具そのものが、攻撃に対して能動的に扱わなければいけないという性質を持っている。

それは、オウルの思う『無敵』からはかけ離れていた。

少なくとも『不死身』だとか『不滅』だとか『全知全能』だとか、オウルが今まで相手にしてきた存在と比べると随分隙が多いように思える。

「無敵の盾と剣技。それだけで十分以上に恐ろしいと思いますけれど……」

困惑したように、ナギア。彼女には事前に、虚偽や隠し事をしないように命じてある。ということは本当にそれ以上の能力はないのだろう。

「まあ、それならそれでいい」

それが本当であるにせよないにせよ、オウルにとって油断をする理由にはなりえない。

「商談に移るとするか」

ただ決めたことを、粛々と実行するだけだ。

＊　＊　＊

「商談だと？」

革張りの椅子に深く座り、胡散（うさん）臭げに視線を向けるサルナークは美しい男であった。

艶のある黒い髪とすらりと通った鼻筋は女と見まがうばかりだったが、しっかりと筋肉のついた上背のある体躯（たいく）と鋭い瞳からは、むしろ精悍（せいかん）さを強く印象付けられる。

彼の周囲にはフローロのように角の生えたもの、翼を持つもの、深い毛に覆われたものなど、人ならざる種族の奴隷が数多く侍（はべ）っていたが、サルナーク自身は角も翼も鱗も尾も生えていない、純粋な人間のようであった。

「ああ。『鋼の盾』サルナークに相応（ふさわ）しい代物を持ってきた」

彼の住む一際大きな部屋に単身乗り込んだオウルは、そう言って懐から手のひらほどの大きさの石の塊を取り出した。

「……何だ、それは？」

青白く光る線が走った、濃い灰色の立方体。何の役に立つのかもわからぬそれに、サルナークは露骨に興味を失いながら問う。

「そうだな……石壁の鎧、とでも呼ぼうか」

それはダンジョンキューブであった。ダンジョンという語彙を持たない言葉で、オウルは名称を捻(ひね)り出す。

「石壁だと⁉」

名を告げた途端、サルナークは椅子から立ち上がり、身を乗り出した。

「ああ。俺を攻撃してみろ」

その急激な反応に多少戸惑いつつも、オウルはダンジョンキューブを手のひらに乗せてそう告げる。次の瞬間、オウルの喉元に石壁が現れて火花が散った。

「ほう……」

上、下、左、右、斜め、正面。立て続けに火花が散り、オウルの目では見ることすらできない斬撃を、ダンジョンキューブの見えざる迷宮(ラビュリントス)が防いでいく。

「これでも防ぐか……！」

興奮した様子でサルナーク。そう言いながらも、彼の剣速はますます上がっていった。防ぐ瞬間、オウルの持つキューブからは石壁が伸びる。どれほどの速度であれば防御が間に合わなくなるのか試しているのだろう。

だがそれは無駄な試みであった。石壁は防いだ瞬間に実体化しているように見せているだけで、実際は防ぐ前からそこに存在しているからだ。

だがそれにしても、早い。無数の斬撃は石壁の実体化が消える前に放たれ、オウルはほとんど全身を石壁で覆われているような状態になっていた。

「このオレの斬撃を凌ぎ切るとは……！　これはどうやら本物のようだな！」

サルナークは興奮した様子で言いながら、チン、と音を立てて、剣を鞘に収める。

「この『鎧』が防げるのは斬撃だけではない。炎や毒といった、物理的でない脅威からも身を守ることができる」

「ふむ？　そうか」

だが続くオウルの説明には、サルナークはさしたる反応を見せなかった。彼の能力が本当に物理攻撃のみを無効化するというのなら、十分価値のある情報だろうと思ったが、とオウルは内心首をひねる。

「これと、お前がナギアから受け取ったというフローロの瞳を交換してもらいたい」

「ああ、構わん――と、言いたいところだが、その前に一つ聞きたいことがある」

サルナークは鋭い視線をオウルに向け、問うた。

「それはオレにも使えるものなのか？」

オウルは思わず目を見開きそうになるのを堪える。

「使える。まあ、多少の訓練は必要かもしれないが」

ここで嘘をつくわけにはいかない。ナギアのように呪いをかけるのであれば、取引そのものは公正である必要があるからだ。

「多少の訓練——か。貴様の見立てだと、オレはそれに何年くらいかかる？」

サルナークは更に深く切り込んでくる。

「個人の素質にもよる。お前の能力は知らないから、正確なことは言えないが……世界でも屈指の魔力操作能力を持ち、その生涯の大半を迷宮作りに捧げてきたオウル。ダンジョンキューブはそんな彼だからこそ操れる魔道具だ。つまりそれを十全に使うためには彼と同じ領域まで鍛え上げる必要があり……」

「七十年はかかるだろうな」

彼が今までの人生で費やしてきた以上の時間はかかるであろうことは確かだった。

「ハ！　七十年だと！　これはまたとんでもない物を売りつけようとしたものだな？」

サルナークはオウルの言葉に怒るどころか、愉快そうに笑ってみせた。

質問が致命的すぎる、とオウルは思う。全くの未知の道具を見せられ、それを自ら操るものであると看破し、具体的な期限までをも確認してくる。それは、オウルの想定の範囲を大きく超えていた。

そもそもダンジョンキューブを見て、「自分で操作するものである」と見抜けるはずがないのだ。オウルがサルナークの斬撃を防いだ部分は自動的なもので、操作など一切していないのだから。

だがそれに気づいた理由はどうあれ、こうまでされては流石に取引は成り立たないだろう。別の

手を考えなければならない。

「いいだろう。商談成立だ、瞳を持ってこい」

だからそう言ってのけるサルナークに、オウルは驚愕した。

奴隷の一人が運んできた箱から、サルナークは石を取り出す。

それはフローロの瞳にそっくりな、漆黒の石であった。球体だったオウルの魔術防護とも、石英の原石のようだった言語スキルとも違う。美しくカットされた、宝石のような石だ。

「そら。これが瞳だ」

サルナークはオウルからダンジョンキューブを受け取って、瞳を無造作に投げ渡す。それを受け止めたオウルの右腕が、ずるりと落ちた。

「……何のつもりだ」

肘から先が切り落とされ、地面に転がる右腕に、オウルは低い声で問う。

「商談は無事終わったろ？」

血に赤く濡れる剣を閃(ひらめ)かせ、笑みを見せながらサルナークは答えた。

「こっからは、強奪の時間さ」

3

「約束は違えてないだろ？　なあ？　オレはちゃんと約束通り、貴様に瞳を渡した」

転がるオウルの右腕を蹴り飛ばし、サルナークは地面に落ちたフローロの瞳を拾い上げる。

「ただ不幸なことに、その後貴様は強盗に遭う。ただそれだけの話だ。……ナギア！」

サルナークが声を張り上げると、部屋の外で待機していたナギアが戸惑いながら入ってきた。

「サルナーク……様……これは、一体……」

「貴様がこの男と通じているのはわかっている。おっと、余計なことを命じるなよ」

腕を押さえるオウルに剣を突きつけ、サルナークはナギアに顎をしゃくった。

「こいつから、この石壁の鎧とかいうのを操るスキルを……いや、面倒だ。こいつの持っているスキルを全部奪え。悪くない商談だろう？　貴様の全てと、生命を交換だ」

「……そうか。目か」

オウルが呟くように言った瞬間、彼の左脚が切り裂かれた。

「余計なことを言うなって言っただろう？　だがまあ、教えてやる。その通りだ。オレはこいつで、貴様とナギアのやり取りを全て見聞きしていたのさ」

フローロの瞳をチラつかせながら、サルナークは笑う。

「愚かな魔族め。その本当の価値もわからないままに、貴様はオレにこれを差し出したな」

サルナークが嘲笑っているのはオウルではなく、ナギアだ。彼女の『鑑定』では、スキルの名前はわかってもその効果まではわからなかった。ただの瞳でないことはわかっても、具体的にどれほどの効果があるかまではわからなかったのだろう。

「これこそは支配者の瞳。全ての魔族を支配し従える、魔王の瞳だ！」

「魔王、だと……？」

オウルは驚愕に目を見開く。その右足に、剣の切っ先が突き刺さった。

「ぐぅっ……！」

「おっと、あんまりやりすぎるとそろそろ死ぬか？　殺して奪ってもいいんだが、聞きたいことは色々あるからな……舌は残しておいてやる。ナギア。さっさと奪え」

剣を引き抜き、つまらなさそうにサルナーク。

「待ちなさい！」

そこへ、突然フローロが現れて割って入った。

「おっと……魔王陛下御自らお出ましか。ご機嫌麗(うるわ)しゅう、元、魔王陛下」

サルナークは『元』に殊更アクセントをつけて、慇懃無礼(いんぎんぶれい)に礼をしてみせる。

「へ……陛下⁉」

ナギアはそれを知らなかったのか、驚きに目を見開いた。

「オウル。私の配下になると誓いなさい！　そうすれば助かります！」

「おっと、そうはさせるか！　貴様ら、そいつを黙らせろ！」

サルナークの命令に、彼に従う奴隷たちは皆戸惑いの表情を見せる。

「やれ！」

だが重ねてサルナークが命じると、奴隷たちは一斉にフローロに向かって襲いかかった。

「オウル！　お願いです！　私の配下になる、と……！」

奴隷たちによって取り押さえられ、床に押し付けられながらもフローロは叫ぶ。

「黙れ！」

サルナークは彼女に向かって剣を振り上げ――

「断る」

オウルの言葉に、ピタリとその動きを止めた。

「……何だと？」

「断る、と言った。俺とナギアの会話を全て聞いていたというのなら、お前も知っていよう。俺は誰にも従わぬ。生きる道は己で決める」

サルナークのみならず、奴隷たちも、ナギアも、フローロもぽかんとしてオウルを見つめた。

配下になると言ったとして、オウルに何が起こるのかはフローロ以外にはわからない。しかし彼女がオウルを助けようとしたのは明白であった。その救いの手を、オウルは自らはね除けたのだ。

「――ハ」

最初に我に返ったのは、サルナークだった。

「ハハハハハ！　いい啖呵だ。貴様の方がよほど王に向いているんじゃないか？」

髪をかきあげ可笑しそうに笑い。

「ではその選択通り……ナギア。そいつのスキルを全て奪え」

己の奴隷に、そう命じた。

「……はい」

ナギアは言われるがままにオウルの胸元に手を差し入れ……そして、引き出す。

「おお……」

そこに現れた巨大な光の結晶に、サルナークは目を見開き、感嘆の声を漏らした。これほどの量、これほどの輝きを持つスキルは、彼も初めて目にするものだった。

「今日は最良の日だ。魔王の瞳と、魔王本人、そして未知のスキルが手に入った。これでオレは壁族に返り咲くことができる！　こんな最下層とはおさらば……いや、これさえあれば、最上層民……王族になることだって夢じゃない！」

哄笑を上げながらオウルのスキルへと手を伸ばすサルナーク。しかしその手は、虚空を掴んだ。

「……何のつもりだ」

スキルの結晶を高く持ち上げ剣を構えるナギアに、サルナークは鋭い視線を向ける。

「ち、違うんです、サルナーク様！　これは……身体が、勝手にっ！」

ナギアの剣が横薙ぎに振るわれ、サルナークの首を打つ。彼は避けもせずにそれを受けた。

「……オウル。これはお前か」

オウルはナギアに言葉を発してはいないし、事前に命令していた様子もない。ということは、彼は言葉を発さずともナギアを操ることができるのだ。

「だが無駄だ。オレの『鋼の盾』は崩せん」

何度も振るわれる白刃を気にした様子もなく、サルナークはナギアに間合いを詰めていく。一体どういう原理なのか、肌どころか着ている衣服すら傷ついていないようだった。

ぐい、とサルナークがナギアの腕を無造作に掴んだその時。ナギアは大蛇のようなその下半身を、サルナークにぐるりと巻き付けた。

たとえ一切の傷がつかないとしても、拘束されることはどうか。

「無駄だと言っているだろう」

だがサルナークは事も無げにナギアの下半身を押し広げ、こじ開けた。ただ攻撃が効かないだけではない。物理現象に干渉する効果をも持っているらしい。

「……停止、か」

「ほう」

ぼそりと呟くオウルに、サルナークは眉を上げた。

「触れたものを停止させる……それはつまり、力を失わせるということだ」

だから剣で切りつけても傷がつかないし、大蛇の尾で締め上げても簡単にこじ開けることができる。ということは恐らく炎や毒も同様だ。それらは小さな目で見れば、結局のところ物理的な現象に過ぎない。

彼の『鋼の盾』はその名に反して、ほとんどあらゆる攻撃を無力化する。だからこそ、オウルのダンジョンキューブが炎を防げると聞いても、さしたる興味を示さなかったのだ。

「オレのスキルの正体に勘付いた奴は貴様が初めてだ。まあ……」

サルナークはナギアの剣を弾き飛ばし、蹴り倒す。

「気づいたところで無意味だがな」

そして、その手から転がったオウルのスキルに向かって手を伸ばした。

「は……」

フローロの目の前に転がった、そのスキルへと。

「放しなさい、無礼者っ！」

フローロの怒声に、奴隷たちの力が緩む。その隙をついてフローロは拘束から腕を引き抜き、スキルの結晶を掴む。そして、一息にそれを飲み込んだ。

「な……貴様！」

反射的にサルナークは剣を振るう。だがそれは、堅牢な石の壁に阻まれた。

「……ほう」

その光景にオウルは愉快げに声を漏らす。

「これ、は……」

そして彼以外のものは、やってのけたフローロを含め絶句した。サルナークの剣を防いだ石壁は、ダンジョンキューブのものではない。

このダンジョンジョン自体の床から、飛び出したものだったからだ。

「え、えいっ！」

呆然とする奴隷たちを、その壁が更にせり出し弾き飛ばす。

「馬鹿な……新しい壁を作り出すスキルだと……!?」

狼狽えるサルナークをよそにフローロは立ち上がると、ゆっくりと埃を叩きながらオウルに視線を向けた。

「俺の術、しばし貸してやる。好きに使ってみろ」

「ありがとうございます。では、お借りします、オウル」

フローロはぺこりと頭を下げ、改めてサルナークに向き直ると、彼をきっと睨みつけて言った。

「私の瞳……返してもらいます、サルナーク！」

4

「それで優勢にでもなったつもりか？」

動揺を押し殺しながら、サルナークは剣を構える。

「忘れたかもしれないが、全く同じスキルを持ったオウルはあのざまだ。貴様がそれを手に入れたところで、オレに勝てるとでも？」

不意をついたとはいえ、サルナークはオウルを一方的に倒してみせたのだ。フローロが同じスキルを手にしたとしても、付け焼き刃の彼女はオウルより弱いことこそあれど、強くなるはずがない。

サルナークの考えは道理であり、正しいものだ。

――ただしそれは、フローロの受け取ったものがスキルであればの話だった。

「ぐっ⁉」

フローロに斬りかかろうとしたサルナークは、突然地面からそびえ立った柱に額をぶつけ、苦悶の声とともに数歩たたらを踏む。

「馬鹿な……オレの身体に傷をつけただと⁉」

そして、自分が痛みを感じていることに驚愕した。

「貴様、何をした⁉」

フローロは答えず、サルナークをじっと睨みつける。

「答えろッ！」

サルナークは叫び、斬撃を見舞う。だが今度は壁から生えた横向きの柱がその一撃を防ぎ、同時にサルナークの腕を強か（したた）に打ち付けた。

「ぐ、うっ……！」

やはり、『鋼の盾』の力が無効化されている。スキルを失ったわけではない。そんな隙はなかったはずだし、己の内側に意識を向ければそれは確かに存在していることがわかった。

だが事実として、フローロの攻撃は彼にダメージを与えているのだ。

これがオウルの未知のスキルの力なのか。あるいはフローロの持つ魔王としての能力かもしれない。

「舐めるなァッ！」

槍のように襲いくる柱をかわし、サルナークは距離を取ろうとするフローロへと突き進む。柱はどこから出てくるかわからないのが厄介だが、かわせないほどの速度ではない。

「ぐっ……これしき……っ！」

そして柱から受けるダメージも、そこまで高いものではなかった。慣れぬ痛みに初めの頃こそ動きを止めてしまっていたが、覚悟さえしていれば致命的なものではない。

「喰らえッ！」

そしてついにサルナークはフローロの眼前まで辿り着くと、その首を刎ねるべく刃を振るった。

盾を作るように柱が伸びるが、サルナークの剣速には間に合わない。それは違わずフローロの首筋を捉え——

そして、空を切った。

「何ッ⁉」

先程から微動だにしないフローロが、その一撃をかわしたわけではない。しかしサルナークの手元が狂って外したというわけでもない。ならばなぜ、剣はフローロの頭の上を通り過ぎているのか。

「……床か！」

一瞬の後、サルナークはそれに気づいた。彼の踏みしめる床そのものが、せり上がってきている。柱を生み出すだけでなく、広範囲の床面さえも生み出せるとは。

「小癪（こしゃく）なッ……！」

反射的に飛び降りようとするサルナークを邪魔するように、せり上がる床面から更に柱が立ち上る。その間にもどんどん天井は、サルナークを押しつぶさんと迫っていた。

焦るサルナークは一箇所、邪魔をする柱が少ない場所を見出し、そこに飛び込もうとして……

突然、その動きを止めた。

ずん、と低い音が響き渡り、せり上がる床が止まる。それは天井と床の間にサルナークが完全に挟まれ、押しつぶされたことを意味していた。その結果にフローロは目を見開く。

「ハ」

逃げ道を用意しておいたにもかかわらずサルナークが圧死したから……ではない。

「ハ、ハ、ハ、ハ、ハ！　そういう、ことか……！」

彼が無事であるということを、フローロはわかっていたからだ。

「つまらないトリックだ。まさかオレの『鋼の盾』に、そんな弱点があったとはな！」

柱が『鋼の盾』を持つ彼に痛みを与えたのは、オウルの未知のスキルの効果でも、魔王の能力でもなんでもない。

『鋼の盾』は自分自身の力からは、身を守れない。そんな、能力の制約のためだ。自分で自分を攻撃するなど、サルナークは今まで試したことは一度もなかった。

だが考えてみれば当然のことだ。あらゆる力を無効化しては、歩くことすらできなくなってしまう。自分の脚で床を蹴り、自分の身体を押す力はきちんと受ける必要があるのだ。

そう考えてみれば、サルナークが痛みを感じたのは単純で馬鹿馬鹿しい理由。ただ飛び出した柱に、自分からぶつかっただけだ。

それにさえ気づけば、潰されそうになっても慌てる必要などどこにもなかった。彼を潰すことなどできない。結局彼の身体に天井が触れた時点で、その動きは止めざるを得ないのだ。

「さて……悪あがきもここまでだ」

結局フローロにサルナークを害する手段がないということさえわかれば、慌てる必要もない。ゆっくりと追い詰め、殺せばいいだけの話だ。

「……まさか、降りてこないとは思いませんでした」

ぽつり、と呟くようにフローロ。

「ハ！　あんなこれ見よがしな隙に引っかかるわけがないだろう」

天井が迫りくる中、一箇所だけ空いていた場所。おそらくはそこに刃のようなものでも仕込んであったのだろう。サルナークが自ら飛び降り突っ込めば、その刃は彼を傷つけうる。

だがわざと隙を見せ行動を誘発するなどというのは戦の常道だ。今まで数々の戦いを生き抜いてきたサルナークは、直感的にそれを見抜いた。

「はい。まあ。確かにあれは罠ではあるんですが……」

困惑したようなフローロの声。同時に、サルナークは妙だなと思った。

床と天井が、元に戻らないのだ。

「自分から捕まってくれるとは思わなくって」

「な……に……？」

あらゆるスキルには効果時間がある。

大半は『剣術』や『鑑定』のように一瞬か数秒で消えてしまうものだが、ものによっては数分、数時間持つものもあると聞く。だがいずれにせよ、それの効果はやがて失われるものだ。そしてたいてい、その時間は効力の強さや規模に反比例する。

ましてや『母なる壁』に似たものを作り出すようなスキルが、そう長く持つはずもない。数秒もすれば元に戻るのだろうと構えていたサルナークだが、床も柱も全く消える気配がなかった。

「サルナーク。私が使った魔術は……信じがたいことですが、柱や床板を生み出すスキルではありません。『母なる壁』を……変形させ、動かすスキルです」

「……は？」

フローロの言葉をサルナークが理解するのに、優に数秒を必要とした。

『母なる壁』はこの地に住まう者にとって、疑問を差し挟む余地などない、絶対的なものだ。いかなる方法を使っても破壊はおろか傷をつけることすらできない。ましてやそれを操るスキルなど、考えたこともなかった。

「おかしいとは思わなかったのですか？　床板を生み出しても、あなたを持ち上げることはできません」

サルナークの『鋼の盾』は外部からのあらゆる力を無効化する。ならば当然持ち上げることなどできるはずがない。だが実際に、サルナークはこうして天井近くまで持ち上げられている。

「逆です。あなたが立っている場所以外の部屋全体を、全て低くしたのです」

「ば……馬鹿な！　そんなこと、できるはずがない！」

それは二重、三重の意味を持った叫びであった。

何人もの奴隷を従え、他者のものを奪い、蹂躙してきたサルナークはお世辞にも善人とは言えないであろう。しかしそんな彼であっても、『母なる壁』を傷つけることは躊躇われる。実際に試みたところで傷一つつけられないとしてもだ。

その感覚は善悪を超越したもの。彼らにとって『母なる壁』は世界そのものであり、生まれたときから死ぬときまで一切変わらずに存在するはずのものだ。

それを操作できる者がいるなどと考えたくなかったし、できるとしても実際にやるなど信じられなかったし、実際にやるとしてもこれほどの規模、これほどの量の壁を操作するなど、気がしれなかった。

——だが。彼女が言うことがもし、真実であるというのなら。

「……これは全て『母なる壁』だと言うのか……!?」

サルナークをぐるりと囲んでいる無数の柱と、彼の身長ギリギリの天井。フローロの言葉は、それが時間が経っても消えないばかりか、破壊すらできないことを表していた。

「え？　それ、言わなきゃいけないんですか？　……わ、わかりました」

フローロはどこか戸惑った様子で一人呟き、サルナークを見据える。

「その通りです。あなたは、最初から……」

ごごん、と音を立てて柱の隙間が別の柱で埋まり。

「私の胃袋の中、です」

フローロのその言葉を最後に、全ての音が遮断された。完全に密閉されたということだ。

『母なる壁』そのものが光を放っているために何も見えなくなるということはないが、それ故に脱出する方法が全くないということがありありとわかってしまう。

「ぐ、う……っ！」

毛の逆立つような嫌悪感、抵抗感を押し殺して、サルナークは剣を振るう。だがそれは壁に一筋の傷をつけることもできず、逆に刃が欠けた。

「おい……待て。馬鹿な……そんなことがあるか？」

出ることが、できない。その事実はじわじわとサルナークの心に染み込み始めた。それを悟ったかのように、壁が更に彼に向かって迫ってくる。

「待て……やめろ！　よせ！」

その先に待つ運命を正確に悟り、サルナークは青ざめた。

彼の『鋼の盾』は無敵だ。どんな攻撃も通じない。だからどんなに天井や壁が迫ってこようと、彼が押しつぶされる心配はない。

だが同時に、その迫る壁を押し止める方法もない。

壁を押さえれば、その部分の動きは確かに止まる。だが壁はまるで柔らかい粘土のように形を変えて、サルナークが押さえていない部分だけが迫ってくる。

「待て待て待て待て……！　嘘だろう⁉　まさか、そんな、ことが……！」

迫る壁はけしてサルナークを潰すことはない。

ただ彼の存在する場所以外を、全て埋め尽くすだけだ。

身体をどう動かそうとその形にぴったり合わせて埋まっていく壁は、まるで精巧なサルナークの形をした型を取るかのよう。とうとう彼は指一本動かせないほどに周囲を埋め尽くされてしまった。

『鋼の盾』は今この場においては、何の役にも立たなかった。あらゆる攻撃が効かなくても、腹は減る。いや、その前に乾き死ぬか……あるいは、息が詰まって死ぬ方が早いかもしれない。

「出せ！　ここから出せ！」

いくら叫んでも声は狭い空洞の中で反響するばかりで、それどころか口の中に侵入してきそうな壁を防ぐためにサルナークはぐっと口を引き結んだ。

壁の中にいる。

ただそれだけで。己が破滅してしまったのだということを、サルナークはようやく悟った。

5

「ふぅ……」

フローロは壁に閉じ込められたサルナークが完全に動かなくなったのを確認して、深く息を吐いた。オウルの術には壁を操るだけでなく、その中を覗き見るものまである。

その知識はあまりに膨大で広範なものだったが、フローロは迷うことなくその力を振るうことができた。なぜかといえば……

（とりあえずこれで決着というところか）

フローロの頭の中に、声ではなく直接『意味』が響く。それは言語を介さない思考そのもの。彼女の内側に取り憑いた、オウルの思考であった。

（……本当に、何者なのですか、あなたは）

（それはこちらの台詞なのだがな）

結晶化したスキルというものは、それを扱うこと自体は自然とできるものだ。しかし複数の異なるスキルを組み合わせて自在に操るとなれば、それには訓練と慣れが必要だ。

フローロがオウルのスキルを……

（魔術だ）

……魔術を操ってサルナークを追い詰めることができたのは、この声の支援があってのことであった。

「あ……あの……陛下」

残されたサルナークの奴隷たちのうち、一人がおずおずとフローロに問いかけた。

「あたしたちは、これからどうしたら……？」

その問いに、フローロは返答に詰まる。今の彼女は魔王ではない。最下層の奴隷に過ぎないのだ。奴隷たちを導けるような立場にはなかった。

（お前はそれでいいのか？）

迷う彼女の心の中を見透かして、オウルは問いかける。その意思は厳しく問い質すようでもありながら、不思議と楽しげに尋ねているようにも思えた。

（私、は……）

いい訳がない。勿論、それでいいはずなど、あるわけがなかった。ましてやフローロを見つめる魔族たちの前で――

奴隷にまで身をやつした臣民たちの前で、それでいいなどと言えるはずがない。

フローロに注目する奴隷たちの表情は様々だ。だがそこには明るいものは何一つなかった。不安、困惑、怒り、憤り。彼女たちの境遇と、自分の立場を考えれば当然のことだ。

「皆さん。……今まで、苦労をかけました」

だがその表情はかつて幸福に彩られ、笑みに満ち溢れていたはずだ。

「私は先代魔王、ストーノの娘。フローロ・サナオ・エウニーセ・オーレリアです」

そう思うと……自然と、フローロの唇は言葉を紡いでいた。

「サルナークはこの柱に封印しました。程なくして死ぬでしょう。……そうなれば、あなたたちは奴隷の身分から解放されます」

奴隷たちがざわめく。それは歓迎ではなく、不信のざわめきだ。

「私もまた、奴隷です。この身には何も残されてはいない。私一人では何もできません」

その気持ちは、フローロには痛いほどわかった。彼女自身がそうだったからだ。

「なるべく何にも期待しないように。何にも心を動かさないように。そうして生きてきました」

だが。

彼女と同じ場所に落とされ、それでもなお我を通そうとする男の姿を見て、フローロは思ったのだ。

「でも、それはもう、嫌です。魔族というだけで虐げられる暮らしは。奴隷となってあらゆる自由を奪われ、惨めに扱われる暮らしは。何にも期待せず、生きたまま死体となってただ人生を送る一生は、もう嫌です」

彼らはフローロのことを信じてはくれないだろう。

「……私を信じてとは言えません」

失敗し、奪われ、破滅したかつての王のことなど。

「でも、もう一度だけ……あなたたち自身の力を、信じてほしい」

——自分のことすら、信じられないのだから。

「わたくしたちの……力……」

ぽつりと呟いたのは、ナギアだ。

「魔族は……魔族と呼ばれている私たちには、力があったはずです」

それに答えるように、フローロは声を張り上げた。

「ナギアさんたち尾族は、人よりもよく見える瞳と強靭な下半身があります。翼族には空を舞う翼と軽やかな身体が。牙族にはあらゆるものを切り裂く鋭い爪と牙が。それは……奴隷として使役されるためのものではないはずです！」

奴隷たちの表情が、僅かに変わる。フローロに集まっていた視線は、互いを見やった。

「私は信じたい。自分のことをもう一度信じて——自分の道は、自分で選びたい」

それはあるいは、破滅への道なのかもしれない。少なくとも彼らは一度、その道を選んで失敗している。

「すぐに決めろとは言いません。一日、ゆっくりと考えて決めてください」

呆然とする奴隷たちを置いて、フローロは踵を返し、その場を立ち去った。

＊＊＊

「よかったのか？」

「オウル」

部屋を出ると、いつの間に外に出たのかオウルがそこに待ち構えていた。

「今のお前がそう命じれば、奴らはお前に従ったと思うが」

奴隷となったものは、己で物事を決めるということに不慣れだ。だからこそ、彼らはフローロに今後のことを尋ねた。しかし彼女のやったことは、それを突っぱねるようなものであった。

「ええ。今の私には彼らを導く資格も、力もありませんから」

そう答えるフローロの表情は、しかしさっぱりとしている。

（力ならここにあるだろう）

フローロの頭の中に潜んだオウルの意思がそう尋ねる。確かにオウルのこのスキルが……

（魔術だ）

……魔術があれば、魔族を解放することもできるかもしれない。サルナークが最上層を夢見たのも無謀とは言えないだろう。

「いいえ。これはお返しします。……ナギア」

「ひ、ひゃいっ!?」

突然名前を呼ばれ、ナギアは思わず角の陰から返事をしてしまった。彼女の蛇のような下半身は、自分で立てようと思わなければ全く音を立てずに床を移動することができる。足音一つなくついてくる尾族の尾行に気づくことができるものは少ない。

「私に入れたス……魔術を、オウルに戻してください」

「よ……よろしいのですか……?」

訝しげに問うナギアに、フローロは頷く。確かに彼女の目から見れば、これほどの術をオウルに返すというのは勿体ないことのように思えるのだろう。だがうっかり頭の中でスキルと呼ぶ度に訂正され続けるのは正直フローロとしても面倒だった。

（面倒とは何だ、面倒とは）

（それに、その気になればあなたは私を乗っ取ってしまえるのでしょう?）

不満げな意思に尋ねると、ニヤリと笑うような雰囲気が伝わってきた。もしあのときスキルの……

……

（魔術だ）

……魔術の結晶を、フローロではなくサルナークが奪っていたら、そのまま彼の身体を乗っ取ってしまっていたのだろう。

形代を操作する魔術。自身の肉体を操りながら他者の肉体をも操作するほどその術に長けたオウルの目から見てみれば、わざわざ彼の術を自分の内に入れることなど自殺行為に等しい。

ナギアの手によってフローロの中からオウルのスキルが引き抜かれ、元の持ち主へと戻される。

「あ、あれっ⁉　オウル様、腕と足は……⁉」

その際に、サルナークに斬り落とされたはずの手足が元に戻っているのに気づいて、ナギアは驚きに目を見開いた。

「随分綺麗に切ってくれたからな。元に戻す程度、造作もない」

そう嘯くオウルの手足には、傷跡どころか血の跡一つ残っていない。フローロは今更その程度では驚く気にもなれなかった。

「さて。それでお前はどうするのだ？」

「魔族を奴隷の身分から解放します」

きっぱりと答えるフローロにオウルは一つ頷く。

「なるほど、大した心意気だ。だがお前一人にそれができるか？」

「……いいえ」

フローロは首を振り、じっとオウルを見つめた。

彼の言いたいことはわかっている。

現状を変えたいと願うのであれば、オウルの力を借りるしかない。

彼はその力を持っている。文字通り、この世界を変革する力。どこから来たのかもわからない、非常識な能力だ。

だが……と、フローロは考える。

オウルと関わった時間はまだほんの僅かだが、それでもわかっていることがある。

彼はけして、善人ではないということだ。

少なくともフローロが彼を助けたことに恩義を感じてはいるようだし、それを仇（あだ）で返すつもりもないようではある。しかしけして無条件に信頼できるような相手ではなく、ほんの少しでも隙を見せれば食い殺されるような恐ろしさを感じた。

対価もなく協力してくれと言ったところで無駄だろう。

「……オウル」

「何だ？」

「私には、あなたの力が必要です。ですが、どれほどの対価を用意すればあなたの力を借りるに足るのか、私には想像すらつきません」

オウルは僅かに眉をひそめる。それはどういう感情なのかわからなかったが、無視してフローロは続けた。

「ですから……私のこの身全てを捧げます。それであなたの力を私に貸しなさい」

「そのような取引をせずとも、俺はお前の全てを手に入れることができるぞ」

フローロは頷いた。

「わかっています。ですが、あなたはそうしません」

「なぜだ？」

やるつもりなら、先程そうしていたはずだ。そう返しても、オウルはいつでもできるからあえてしなかっただけだと答えるだろうし、事実その通りだろう。

「あなたは、誇り高い方だからです」

だがこの返しは想定していなかったのか、オウルは僅かに目を見開いた。

「あなたは強く、そして誇り高い。仰る通り、私を手に入れようと思うならそうできるでしょう。だからこそ、私を騙したり誤魔化したりする必要などない。私が差し出せるものを全て差し出し、それでも足りないと言うのならば、話はそれまでです。あなたのしたいようにすればいいでしょう」

選択肢などそもそもないのだ。フローロにはもう何も残されてはいない。全てを奪い尽くされ、魔王などという称号も名ばかりだ。

だから、彼女が使えるものはたった一つ。誠意だけであった。

「お前な……仮にも王を目指すというのなら、もう少し駆け引きというものを学ばぬか」

しかしそんなフローロに対してオウルが浮かべたのは、酷く呆れた表情だった。

「まずはそこから教えてやらねばならぬようだな。全く骨が折れることだ」

「そ、そんなに言わなくてもいいでしょう。それで、どうなのですか！　協力してくれるのですか、してくれないのですか⁉」

フローロが問うと、オウルはますます呆れを強くする。

「……愚か者が」

溜息とともに罵倒するオウル。

「あ、あの……」

ナギアがそこにおずおずと割って入った。

「教えてやるってことは……協力してくれるってことなのでは……ありませんの？」

「えっ」

フローロの瞳が、みるみるうちに大きく見開かれ。

「察しの悪い奴だ。これでは先が思いやられる」

「ありがとうございます、オウル！」

頭痛を堪えるように額に手を当てるオウルに、フローロは頭を深々と下げた。

「まずはこの最下層を抜け出したいと思います。どうか、よろしくお願いします」

「……違うな」

低く呟くようなオウルの言葉に、フローロは首を傾げる。

「ダンジョンの最下層とは卑しいものの住む場所ではない」

ダンジョンの最上層と言ったところで、その上には地上があり、空があり、月が、太陽が、星々がある。

「ダンジョンの支配者。最も偉大なるものが住む場所だ」

だが、最下層はそうではない。それは人の至る場所の最終到達点。最も深き深奥の地。

「故に我々が最上層を目指すのではなく――」

これは、二人の魔王が天を目指す物語ではない。

「他の者共に、ここを目指させるのだ」

最深部を、取り戻す物語である。

Step.3　魔王の才覚を確かめましょう

1

「ふむ……意外と悪くはないな」

品のいい調度品の並んだ部屋を見渡し、オウル。そこはサルナークが使っていたという部屋であった。流石は最下層の支配者を名乗るだけあって、皮が一枚敷かれただけのフローロの部屋とは段違いであった。

「あの、オウル……？」

「本人は壁の中だ。別に俺が使っても構わんだろう？」

「それは、誰も文句を言わないとは思いますけど……」

フローロは戸惑った様子で入り口を見つめながら、問うた。

「どうして入り口を閉めるんですか？」

オウルのダンジョンキューブが壁を作り、唯一の入り口を塞いでしまっていたからだ。

「何。余計な邪魔が入ってもつまらんのでな」

そう言ってオウルは羽織ったローブを脱ぎ捨てると、フローロを射すくめるように視線を向けた。

「全てを差し出すといったお前の覚悟のほど。疑っているわけではないが、どれほどのものかを確かめさせてもらう」

「……はい！」

フローロはきりりと表情を引き締め、頷く。

「今からお前を、抱く」

「え？」

しかしオウルがそう言うと、彼女は不思議そうに首を傾げた。

「それで覚悟のほどが……わかるんですか？」

「まあ、ある程度はな。お前が慣れておらんのはわかっている」

奴隷と言っても、フローロの主人は彼女を性奴としては扱っていないようだった。経験があったとしてもせいぜい一度か二度のことだろう、とオウルは踏む。

「よくわかりませんが……どうぞ」

フローロは腑に落ちない表情をしたまま、そう言って立ったまま両腕を広げた。

「……何のつもりだ？」

「あ、すみません。覚悟を問うなら、自分から行動すべきでしたね」

フローロはそう言うと、オウルに近づき、彼を真正面からぎゅっと抱きしめる。

「どうでしょうか。覚悟のほどは伝わりますか」

そして抱きついたまま、真剣な表情でオウルを見上げた。

「そうでは、ない」

オウルは彼女の身体をひょいと持ち上げると、半ば放り投げるようにしてベッドの上に横たえさせる。

そしてその瞳の奥底を覗き込むようにして、言った。

「これからお前を犯すと言っているのだ」

「おか、す……？」

一方で、フローロはキョトンとした表情でオウム返しに問い返す。

「すみません、犯すとは、どのようなことを指しているのでしょうか」

経験が少ないどころの話ではない。

全く何も知らないのだ。

オウルはそれを悟って、頭を抱えた。

「今から……」

そうは言っても、知らないからと言って今更引っ込みはつかない。それにいずれにせよ、これはやっておかなければならないことでもあった。

「お前の誇りを、汚すような行為をする。それを受け入れろということだ」

オウルがそう言うと、流石にフローロは難しい表情を浮かべた。

「それは……言葉通りに捉えていいのでしょうか」

「どういうことだ？」

「実はどうしても譲れないような誇りを持っているかどうかのテストというようなことはありませんか？」

だがそのピントは、どこまでもズレていた。

「そもそも犯すと言われて何をされるかすらわからんのに、譲れるかどうかもあるか」

「あ、そうです……ね……？」

いまいち理解していない様子で、フローロは頷く。

「まあよい。そのような引っ掛けはない。ただお前は、今から俺がもたらす苦痛に耐えればいいだけだ」

「我慢比べ……ですか」

真剣な面持ちのフローロに、別にオウルの方は何かを我慢するわけではないのだが、などと言う気も失せた。

「脱がすぞ」

「え？　わ、うぷっ」

オウルは返事を聞かずに、強引に彼女の着ている服を剥(は)ぎ取る。

そして、その光景に思わず息を呑んだ。

垢染みた粗末な服からは想像もできないほどに美しく、シミ一つない滑らかな肌。腰は触れば折れてしまいそうに細くくびれていながら、むっちりとした尻と太ももは男の劣情を煽ってやまない肉感に満ちている。

そしてその胸は、一体どこに隠していたのかと問い質したくなるほどに豊満だった。リルに勝るとも劣らない大きさの双丘は溜息が出そうなほどに美しい形をしていて、仰向けに寝ているというのに崩れずにツンと形を保っている。

先端はほとんど肌の色と変わらぬ淡い桃色をしていて、オウルをして摘んでしまうのが勿体なく感じるほどの汚れのない美しさであった。

「……どうしましたか、オウル？」

思わずその肢体を舐めるように眺めるオウルに、フローロは身体を隠す様子もなく問うた。

「いや……」

オウルは先程剥ぎ取った粗末な服に目を向けた。服と言ってもろくな縫製もしていない、薄っぺらなボロ布である。とてもこの大きさを隠す余地などなさそうに見えるのだが、と思いつつ、オウルはそこに手を伸ばす。

幻覚や作り物ではない。ぐにぐにと揉みしだくオウルの指に従ってその形を変える柔らかさと、手のひら全体をぐっと押し返してくる弾力。オウルのよく知る乳房の感触そのものだった。それもただの乳房ではない。極上の触り心地と大きさを持ったバストだった。

「……？　オウル？」

無心で胸を揉みしだくオウルを、フローロは不思議そうに眺める。本当に全く知識がないらしく、羞恥も不快感も感じていないようだった。

「ふむ……脚を開け」

「？　はい」

そう命じれば、彼女は躊躇いなく秘所をオウルの前にさらけ出した。オウルは己の指先を唾液で濡らし、秘裂を軽くなぞる。

「……んっ……」

すると、フローロは流石に小さく声を漏らす。といっても快楽というよりは、普段触れられない場所に触れられたくすぐったさに近いものだろう。とはいえ、それは快楽に極めて近い感覚だ。

性感というのは舌の味覚や指先の器用さ、あるいは筋力と同じだ。繰り返し繰り返し練習を積むことで発達していく。何も知らないまっさらなフローロの身体を女にするには、本来であれば何日もかけて開発していくことが必要だ。

無垢な身体をじっくりと自分好みの色に染めていくのも一興ではあったが、覚悟を測るためという名目もある。それに何よりオウル自身に、そこまでの猶予が残されてはいなかった。

「んっ……！」

故にオウルは、魔術を使った。目の力を増し闇の中を見通すように、腕の力を増幅して巨人の如き力を備えるように、性感も当然魔術によって倍増させることができる。

「オウル、今のは……あっ！」

ついと魔力を帯びたオウルの指先がフローロの膣口を撫で、彼女は敏感に反応して声を上げる。

「何、ですか……？　っ、ああっ！」

戸惑いながらも問う彼女に答えず、オウルはフローロの乳首を摘み上げた。指先でこね回してやると、そこはすぐに硬くそそり立つ。小さく可憐な蕾が健気に張り詰める様子はその主人たるフローロ自身にそっくりだ。

「オウ、ル……ふぁあっ！」

「耐えろと言ったはずだぞ」

オウルがそう告げると、フローロはハッと目を見開いて、口を引き結んだ。

「声はいくら出してもいいからな」

言いつつ、オウルの指先がつぷりとフローロの膣内に侵入する。

「あっ、んっ……！」

フローロは言われた通り、素直に声を上げた。とろりとした透明な液体が彼女の中から分泌され、オウルの指を汚す。十分に感じている証拠だ。

「んっ、ふ、あっ……んんっ、ふあぁっ！」

ゆっくりと指を差し込み、中の壁を撫でながら引き抜き、もう一度侵入する。オウルが指を動かす度にフローロは身体を震わせて、高く嬌声を上げた。

「んっ、あ……ふぅっ……んんっ……」

その声は次第に色を帯び、フローロは肩で荒く息を吐きながら、潤んだ瞳でオウルを見つめた。その行為の意味はわかっておらずとも、この行為に先があることを本能的に察しているのだ。そして、無意識に彼女はそれをオウルにねだっている。

ぬぷりと、オウルの指が一際深くフローロの膣を穿つ。その指先が、柔らかなひだに触れた。膣口をぐるりと覆うように包むそれは、彼女の純潔の証だ。

「んっ……あ、んっ……は、ぁっ……んっ……」

その柔らかな膜を傷つけぬよう、優しくオウルの指が撫でる。そんな刺激も今のフローロにとっては十分すぎるほど強いもので、彼女は内ももをピクピクと震わせながら喘ぎ声を上げた。

「んっ、あっ……んんっ！　は、んんんっ！」

処女膜をなぞりながら、ぎゅうと乳房を鷲掴みにし、その先端を親指と人差し指で押しつぶす。フローロは堪らず高く鳴きながら内ももに力を込め、背筋を反らした。

絶頂に達したのだ。

「あっ、んんっ、あぁんっ、ぅんっ、あっ、や、ぁっ……！」

だが彼女が達しても、なおもオウルの指はフローロの膣内を蹂躙することをやめなかった。文字通りの処女地を嬲る指先を、フローロの膣口が無意識に締め付ける。

「ああああっ⁉　んっ、くぅっ！　ああああ、ああああっ⁉」

フローロは指先が白くなるほどキツくシーツを握りしめながら、何度も何度も絶頂に達し叫ぶように声を上げた。

溢れ出る愛液はオウルの手首までを濡らし、ベッドの上に小さな泉を作っている。

自分が今何をされているのか、どうなってしまっているのかすらわからぬまま、穢（けが）れを未だ知らぬ少女は丁寧に丁寧に快楽を教え込まれ、身体をほぐされていく。

「ふぅっ……ふぅっ……は、ぁ……あ……」

大きく股を広げたまま肩で荒く息を吐き、汗と涙と唾液にまみれた少女の顔の前に、オウルは下穿きから取り出した己自身を突き出した。

「あ………」

フローロがそれを目にするのは初めてのことだった。だがその機能を知らずとも、それをどのように使うのかははっきりとわかった。

彼女の身体は、既にわからされてしまっていた。

意識せずとも股の奥が疼き、それを欲して愛液が分泌される。

「くださ……い……」

フローロは気づけば、そう口にしてしまっていた。

両脚を大きく広げ、自分の指先で花弁を押し開きながら、その奥を指差して。

「ここに……オウルのそれ、入れてください……」

快楽に蕩けきった表情で、甘くそうねだった。

2

「いくぞ」

そう声をかけ、オウルは返事を待たずにフローロの膣内へと侵入を果たす。

しとどに濡れたそこは、あっさりと太い剛直を呑み込んだ。

「んっ……！」

純潔の膜を破る際に僅かにフローロは顔をしかめたものの、その反応はごく僅かなものだった。

手間暇かけてこれ以上ないほど柔らかくほぐしたところに、女の身体を熟知したオウルが細心の注意をもって挿入したのだ。わざわざ痛みを止めるような魔術を使わずとも十分といえる。

「ふあぁぁっ……」

その証拠にゆっくりと奥へ押し込めば、それに押し出されるようにしてフローロの口から甘い声が漏れた。

「んっ……は、んんっ……！　あっ……」

性交の意味すら知らないというのに……いや、あるいは知らないがゆえか。素直に快楽を貪るフローロの声は酷く艶めかしかった。

「オウルぅ……ここ、さっきみたいに、触ってください……」

それどころかオウルの腕を取って己の胸に導きつつ、ぎこちないながらも自ら腰を動かしすらしていた。

「あっ……いぃんっ……！　それぇっ！　もっと、あぁんっ……！」

遠慮なくそのたわわに実った乳房を揉みしだいてやれば、フローロは悶えるように喘ぐ。その表情はすっかり快楽に蕩け、控えめながらもしっかりとした芯を持つ元魔王の面影はほとんど見られなくなっていた。

「それぇっ……オウル、そこっ……ごしごしされるの、好きですっ……もっと、してくださいっ……」

ぎゅうと膣口で強くオウルのものを締め付けながら、フローロはもどかしげに腰を揺らしそうねだる。

「ここをどう呼ぶのかも知らぬのか？」

「あんっ……知って、ますけどぉ……口に出すのは、恥ずかしい言葉、ですよぉ……」

一応恥ずかしいという概念自体はあるらしい。

「構わん。してほしいのであれば、どこをどうされたいのかはっきりと言ってみろ」

「おまんこの、奥ぅっ……！　オウルのおちんちんで、ごしごししてくださいっ」

しかしオウルがそう命じると、フローロは躊躇いもなくそう口にした。

「……恥ずかしいのではなかったのか？」

「だってぇ……してほしいんです……オウル、ちゃんと言いました。わたしちゃんと言いましたからぁっ……わたしのおまんこ……ちゃんとごしごししてくださいっ……」

「わかったわかった」

呆れ半分でオウルはフローロの腰を掴み、ぐっと突き入れる。

「あぁんっ！　やぁ、オウルぅ！　おっぱいもぉっ！　ちゃんとおっぱいもいじってくれなきゃやですぅっ！」

「注文の多いやつだ」

オウルはぼやくように答えつつも、腰に力を込めながら両手でフローロの胸を掴んだ。両手に余ってなおあふれる大きさの胸肉は強く握れば崩れてしまうのではないかと思うほどの柔らかさで、それでいて手のひらにしっとりと吸い付くような触り心地だ。

オウルの剛直を咥え込んでいる秘所も下半身全体がびっしょりと濡れてしまうほどに愛液を漏らしておきながら、オウルの物を千切らんばかりに締め付けて、ぬるぬるとした肉の感触が先端をくすぐるよう。

とてもついさっきまで処女だったとは思えぬような、極上の肉体だった。それこそ、オウルとて気を入れねば勢い余って達してしまいそうなほどの。

「待て……おかしい」

「どうしましたか、オウル……？」

動きを鈍らせるオウルに不思議そうに首を傾げつつ、フローロは自ら腰を揺すってオウルの男根をしゃぶるように抽送する。

先程までぎこちなかったはずのその動きはいつの間にか随分こなれ、フローロはピストン運動を繰り返しながらも腰をくねらせ更に奥へとオウルの肉槍を咥え込んでいた。

「お前……！　どうして、そんな……くっ！」

「やぁんっ……駄目ですよ、オウルぅ……もっと、気持ちよくしてくださいっ……」

引こうとするオウルの腰をぎゅっと脚で挟み込み、フローロは彼の腕を取ってむにゅっと自らの胸に強く押し付け、更に上から指を重ねて揉みしだかせた。

「もっとぉ……オウルのおちんちんで、わたしのおまんこ、いじめてくださいっ……」

懇願する少女の額に角は生えているが、しかし彼女はサキュバスではない。それどころか悪魔でもない。悪魔であればその身体は魔力だけで構成されているはずだが、フローロの肉体はれっきとした肉でできている。尾や翼、鱗や毛皮を持った者たちと同じように、角が生えているだけの生き物なのだろう。

だがその淫らさと身体の抱き心地の良さ、そして性技の物覚えの良さは淫魔さながらであった。

「……いいだろう。そこまで言うなら全力で相手してやる」

とはいえ、オウルは本物のサキュバスを妻としほとんど毎晩抱いてきたのだ。臆する理由もなく、オウルは繋がったままフローロの身体をくるりと回転させてうつ伏せにさせると、彼女に覆いかぶさるようにして組み敷いた。

「えっ？　オウ……ふぁぁぁぁぁあんっ！」

急に体位を変えられ戸惑うように振り向きかけるフローロだったが、ずんと奥まで突き込んでやるとすぐに声を蕩けさせた。

「あっ……はぁんっ！　いいっ！　きもちいいですっ！　オウルぅっ！」

もはや魔術による増幅も切ってしまっているというのに、オウルの太く長い肉槍をずっぷりと咥え込んで痛がるどころか悦びに喘ぐフローロ。もはや天賦の才という他ないだろう。こんな娘が今まで男のことを一切知らずに生きてきたのは奇跡的なことであった。

「あっ！　あっ！　あっ！　あっ！　はぁんっ！」

オウルが腰を打ち付ける度に、濡れた肉のぶつかり合う音とフローロの嬌声が部屋の中に響く。更に快楽を求めるべく彼女は尻を高々と上げ、その動きに合わせてぶるんぶるんと揺れるたわわな双丘をオウルは鷲掴みにした。

柔らかな乳肉を指の形にぐにゃりと歪ませながら、指先で容赦なく乳首を摘み上げる。

「はぁぁんっ！　それぇっ！　それ、いいですぅっ！」

快感にきゅうと締め付けてくる膣口を無理矢理こじ開け、両乳房をほしいままに弄びながら、ぐりぐりと抉(えぐ)るように腰を押し付ける。

「ああっ！　それっ！　そこっ！　だめっ、あっ、あっ、あーっ！」

普通の処女であれば痛いだけであろう子宮口への刺激もフローロはしっかりと感じ抜いて、背筋を反らして絶頂に達した。

「あぁっ！　だめっ！　まだっ！　わたしっ……あっ！　あぁっ！」

だがオウルは休むことを許さず、更に何度も何度も彼女の最奥(さいおう)を強く突く。その度にフローロの視界は白く瞬き、途方もない快感に彼女は舌を突き出しながら身体を震わせた。

「イくぞ……っ！」

絶頂でキツく締め付けてくるフローロに堪らず、オウルはそう宣言する。そして思い切り抱きしめながら、彼女の中に精を放った。

「あぁぁあっ！　あああぁぁぁぁぁぁっ！」

膣奥で白濁の奔流(ほんりゅう)を受け止めて、フローロは高く鳴きながら一際大きく絶頂に身を震わせた。大量の子種が、その意味すら知らぬ無垢な少女の胎内を犯していく。

「んぅっ……は、ぁ……」

最後まで出し切った一物を引き抜くと、フローロは気持ちよさそうに身体を弛緩させながら、ベッドの上に突っ伏した。

「オウル……とってもきもち……よかったです……また今度、今のをしてほしいです……」

自分が何をされたのかも理解せぬままとびきりの笑顔で言う彼女の秘裂から、ほんの僅かに血の混じった精液がどろりと零れ落ちる。

「……ああ。何度でもしてやるとも」

オウルは答え、なんとなく顔を近づけフローロに口づけた。

「……っ！」

途端、フローロは劇的な反応を見せた。すなわち、口を両手でおさえ、瞳を最大限まで見開いて、オウルの顔を見つめたのだ。

「キ……」

「き？」

その反応に首を傾げるオウルに。

「キスなんかしたら赤ちゃんできちゃうじゃないですかっ⁉」

フローロは顔を真っ赤に染めてそう叫んだ。

「ああ……まあ……そうだな……」

子供ができるようなことをしたのは確かであったので、オウルは曖昧に頷く。

「オ……オウルは、私と赤ちゃんを作りたいのですか？　……あっ」

正確に言えば子作りそのものではなく、そのための行為なのだが、とどう説明したものか思案している内に、フローロは何かに気づいたように声を上げた。

「そ、そういうことなのですね……覚悟というのは。確かに私は全てを差し出すと言ったのですから、当然それも考慮しておくべきでした……」

「何だ？　何を言っている？」

その呟きに何やら不穏なものを感じたオウルは問い質すが、答える前にフローロはベッドの上で全裸のまま姿勢を正すと、改まった様子で深々と頭を下げた。

「不束者ですが、よろしくお願いいたします」

「違う！　そうではない！」

案の定、身を固める覚悟を決めたらしいフローロにオウルは叫んだ。

結婚するつもりでないのなら、なぜ子を作るようなことをしたのか。

性交の意味さえ知らずキスで赤子ができると思っている無垢な少女に、老獪な魔王はその後数時間にもわたって説明する羽目になったのであった。

HOW TO BOOK ON THE DEVIL

DUNGEON INFORMATION

ダンジョン解説

登場人物 characters

ナギア

種族:尾族
性別:女
年齢:16歳
主人:サルナーグ
装備:鉄刀、蠱惑の服
容量:34/35
所持スキル:『鑑定』:10、『スキル結晶化』:20、『剣技LV2』:4、隠形、熱源視

信用ならない尾族の商人。最下層の奴隷は基本的にスキルを全て剥奪されるものだが、ある程度有用なものには僅かなスキルが与えられる場合がある。ナギアはその例であり、その有用性の割に必要な容量の多いスキルを与えられ、他者から口八丁手八丁でスキルを奪う役割を強いられている。

サルナーク

種族:人間
性別:男
年齢:25歳
主人:なし
装備:鋼の剣、上等な服
容量:65/72
所持スキル:『鋼の盾』:40、『剣技LV5』:10、『忍耐』:5、『威圧』:5、『疾駆』:5

最下層を支配する男。あらゆる物理的な干渉を停止させる希少スキル『鋼の盾』を持ち、他にも上層でなければ手に入らないようなスキルを所有している。多数の奴隷を所持し最下層を実質的に支配してはいるものの、統治を行うわけではなく思うがまま振る舞うだけの暴君。

道具 item

【鉄刀】

大きく反った刀身を持つ片刃の剣。刺突よりも斬撃に向き、素人でも扱いやすい。


【鋼の剣】

特に特別な能力は持っていないものの、鋭い切れ味と頑丈さを併せ持つ名剣。一人前の剣士となったものに与える風習がある。


【木製のダブルベッド】

造りは質素であるものの、二人で寝るのに十分な大きさを持った寝台。ドロップしたときは手のひら程度の大きさであり、設置したい場所で拡大して使用する。


【蠱惑の服】

ほとんど身体を隠さない、肌もあらわな服。女性用のものだけが存在する。その露出度の高さから身につけるものは少なく、着るとしても下着として他の衣服の下に身につけるものだが、ナギアはこれを普段着として着用している。


【上等な服】

上層から中層の壁族が身につける、質の高い衣服。様々なバリエーションが存在する。

モンスター monsters

風船蝙蝠

ドロップ:『浮遊』、紡錘、☆蠱惑の服

中層から最下層にかけて出没するモンスター。丸い身体と一対の翼を持ち、ふわふわと浮かんでいる。ドロップするものは身体が浮いて歩くことにもままならなくなる『浮遊』スキルと、極めて希少な裁縫スキルがなければ無意味な紡錘、まともな神経をしている者は着る気にならない蠱惑の服と、どれも役に立たないため忌み嫌われている。

白殻兵

ドロップ:『剣技LV5』、鋼の剣、☆ぬいぐるみ

中層に出没する、全身を白い殻に覆われた生き物。人に近い風貌を持つが四本の腕を操り、それぞれに手にした剣を振るって襲いかかってくる。倒すとその手にしていたものとそっくりの剣をドロップするが、倒す前に剣を奪ってもモンスターの死体と同様にしばらくすると消えてしまう。

生ける樹木

ドロップ:『植技LV3』、木製家具、☆木製のダブルベッド

下層に出没する木のような姿をしたモンスター。といっても壁界に通常の樹木は存在しないので、木といえばこの類のモンスターのことを指す。明確な急所が存在せず非常にタフで、枝で殴りつけてくる攻撃も強力であるため危険なモンスターである。

Step.4　次なる刺客を迎え撃ちましょう

1

虚空に、小さな半透明の箱が一つ浮かぶ。

オウルが軽く指で触れるとそこから線が伸び、似たような箱に繋がれる。その箱からは更に複数の線が伸び、その先に箱が繋がれ、線と箱とは瞬く間に増え広がって、まるで蜘蛛の巣のように縦横に張り巡らされていく。

「ふむ……思ったよりもだいぶ大きいな」

みるみるうちに作られていくそれは、このダンジョンの地図であった。

元とはいえ魔王のフローロでさえ地上を知らないほどのダンジョン。一体どれほどの大きさなのかと魔術による走査を試みたオウルの眼前に広がったのは、展開中であるにもかかわらず既にオウルのダンジョンに勝るとも劣らぬほどの規模を見せ始めていた。

「む……結界か。小癪な」

その表示が、途中で壁にぶつかったように止まる。それは本物の壁ではなく、魔術的な壁であった。オウルが今いる場所から七階ほど上の地点で、魔術走査が食い止められている。

「ち……無理か」

オウルはそれを力ずくで突破しようと試みたが、途中でふらりと目眩を感じて魔術の行使を中断した。

「やはり……魔力が足らんな」

忌々しげに呟いて、彼は傍らですやすやと眠るフローロに目を向ける。

この迷宮は訪れただけで魔力が抜け、失調を起こすほどに魔力に乏しい。そんな中で、オウルが気絶している間に目を覚ますことができるほどに回復したのは、フローロのおかげだ。

どういうわけか、彼女はその身に膨大な魔力を蓄えているのだ。歩くダンジョンコアのようなもの……というと流石に言いすぎだが、並の魔術師など及びもつかないほどの魔力を秘めているのは確かなこと。

オウルが今まであった人間の中で最も大量の魔力を有していたのは砂漠の王ラーメスだが、それに匹敵するかもしれないほどの量だ。恐らく彼女が魔王だという話と無関係ではないのだろう。

だからこそ、彼女はオウルよりも上手くオウルの魔術を扱うことができた。ほとんど魔力が切れかけているオウルと違い、彼女の魔力量であれば相当大規模な魔術であろうと自由自在に行使できる。

そんなフローロが自然と放出する魔力を吸収したがゆえに、オウルは身体を動かし魔術を行使できるまでに回復した。二重の意味で彼女は生命の恩人だと言える。

オウルがフローロを抱いたのも単にその覚悟を試したり、美しい身体を堪能したかったたというだけの話ではない。魔力を奪うのであれば交わるのが一番効率がいいからだ。

しかし、フローロの持つ魔力は濃い紫をしていて、オウルの琥珀色の魔力とは随分と性質が異なる。奪ったところですぐに使えるわけではなく、自分の身体の中でゆっくりと消化する必要があった。

いずれにせよ、ダンジョンコアも龍脈も存在しないこのダンジョンの中ではそう派手な魔術を使うことはできない。魔術を使わずとも魔力は消費されていってしまうので、定期的にフローロと交わる必要があるだろう。もっとも、昨日の様子を見るに彼女にとっては望むところだろうが。

「起きろ、フローロ」

「んぅ……ふあぁ……おはようございます、オウル……」

目を擦りながら挨拶するフローロは、昨日の乱れっぷりが嘘のようにあどけない。

「まずは顔を洗え。今後のことを相談するぞ」

不可解なやつだと思いながらも、オウルは水の入った桶を突き出すのだった。

＊　＊　＊

「王を目指すにあたって、まずやるべきことが二つある」

「二つ……ですか？」

不思議そうに首を傾げるフローロに、オウルは頷き答える。

「一つはお前の立場だ。よもや王となるべき者が奴隷の立場でいるわけにもいくまい」

「あっ……そう、ですね」

言われて思い出したのか、フローロ。

「解放されるにはどうすればよいのだ？　主人を殺せばよいか？」

「確かに主人が死ねば自動的にその奴隷は解放されます。或いは主人が奴隷の解放を宣言するか……ただし、奴隷は自分の主人を害することはできません」

「では話は早いな。俺がお前の主人を殺せばいい」

オウルが言うと、フローロは表情を曇らせた。

「……殺さずに何とかする方法はないでしょうか」

「何だ。奴に義理でもあるのか？」

オウルの問いに、フローロはふるふると首を横に振る。

「いいえ。むしろ散々罵倒され虐げられた恨みがあります」

「ならば何を躊躇(ちゅうちょ)する。まさか今更、人を殺すのが嫌などとは言わぬだろうな」

「そうではありません。恨みを持つからこそ、殺したくないのです」

フローロの答えに、オウルはニヤリと笑みを浮かべた。

「きっと私は、その死に喜びを感じてしまう。それが怖いのです」

「それでよい」

ぽん、と頭に置かれるオウルの手を、フローロはきょとんと見上げる。そんなくだらない理由で、と言われるかと思っていたのだ。

「恨みや憎しみは瞳を曇らせる。そんなものは目的を達成するのには不要だ。必要であれば殺し、必要でないなら生かしておけばよい。俺の見た限り、お前の主人は小物だ。わざわざ殺す必要などあるまい」

憎しみに囚われるのは不毛だ。

恨みなど忘れて生きろ。

フローロは今まで幾度となくそう言われてきた。

だがオウルの言うそれは、全く別の意味を持っているように思えた。

「オウルは……このような境遇になったことを恨まないのですか？」

「恨むが？」

試しに尋ねてみれば、何を馬鹿なことをと言わんばかりに答えられた。

「どうして俺がこのような場所に飛ばされたのかはわからんが、もし何者かが悪意をもって行ったのであれば必ず然るべき報いを受けさせてやる。そんなのは当然のことだ」

淡々と、オウルは述べる。

「だがそれは、恨みを晴らすために行うのではない」

その声色は恨みつらみを込めたものではなく、炎が赤いという事実を説明するかのようなもので。

「俺は俺に楯突くものを許さぬ。敵を全て後悔させてやらねばならぬ。だがそれは、俺の気持ちなどという矮小なもののためではない。俺の敵となるのがどれほど割に合わないかをわからせてやるためだ」

フローロは、彼が自分の主人を痛めつけている時のことを思い出した。一切の色を持たない、無関心なあの瞳。オウルはきっと、人を殺すときも全く同じ目でやってのけるのだろう、と思った。

あの時はそれを恐ろしいと思った。

だが今は、なぜかそれを酷く頼もしく思えるのだった。

「ところで、もう一つのすることとは何ですか？」

「忘れたのか？」

意外そうに目を見開いて、オウルは言った。

「サルナークの奴隷たちの処遇だ」

「あっ」

完全に忘れていたフローロは、声を上げた。

＊　＊　＊

オウルたちがサルナークを閉じ込めた部屋に向かうと、ナギア他奴隷たちが数人集まっているところだった。

「オウル様、フローロ様」

「どうした？」

「いえ……ですが、わたくしたちは未だ奴隷から解放されていないようなのです」

「見上げたしぶとさだな。どれ……」

壁の中はみっちりと埋め尽くされていて、サルナークは指一本動かせないレベルにまで固められてしまっているはずだった。普通ならば一刻も持たず窒息死するはずだが、とオウルは魔術で中を窺う。

壁の中で、サルナークはぐったりとしていた。ピクリとも動く様子がなく、とても生きているようには見えない。少し突いて様子でも見るか、とオウルが壁を動かそうとした瞬間、サルナークは突然かっと目を見開いた。

「……何だと？」

ほんの僅かな魔術の気配を感じ取ったのか。サルナークの反応にオウルは驚くが、だからといって彼に何ができるわけでもない。

「……に……る……」

「ほう」

だが、掠れた声で発せられた彼の言葉に、オウルは笑みを浮かべて頷いた。

「いいだろう」

パチン、とオウルが指を鳴らすや否や、サルナークを閉じ込めていた巨大な石の柱はバラバラに解けるようにして消え去り、汗にまみれ消耗したサルナークがどさりと地面に転がった。

「ぐ……ぅ……！」

サルナークは萎えきった肉体を何とか動かし、剣を掴んで立ち上がる。

「オウ……ル……！」

そしてオウルの眼前まで幽鬼のようにふらつきながら歩みを進めたところで、ガクリと膝をついた。

「うむ」

オウルは震える腕で突き出された剣を手に取り、それでサルナークの肩を叩いた。

「俺に仕えるという契約、確かに承った」

オウルがそう言った途端、サルナークは意識を失い地面に倒れ伏す。

「ふむ……命に別状はないな。寝かせておいてやれ」

オウルがそう命じると、自然と奴隷たちの数人がサルナークを運んで連れて行く。

「オウル、今のはどういうことですか？」

「奴は俺に仕える代わりに生命を助けろといい、俺は承知した。それだけのことだ」

サルナークの言葉は命乞いというにはあまりにも尊大であったが、オウルはかえってそれを気に入った。命を盾に取られてなお挫けぬ誇り。一晩指一本動かせぬ牢獄に閉じ込められ、なお微塵も生存を諦めないその胆力。それはスキルなどというものでは得られぬ素質だ。ここで殺すには惜しい男だとオウルは思った。

「つまり……サルナークをオウルの奴隷にしたということですか？」

「そのような制度は知ったことか。ただ配下にしただけだ」

フローロの問いに、吐き捨てるようにオウル。

「それより、紙とペンはないか？」

「ございますが……何にお使いになられるのですか？」

カバンから紙とペンを取り出すナギアに、オウルはニヤリと笑い、答えた。

「契約書だ」

2

「……うん。ばっちりよく見えます！　ありがとうございます、オウル！」

「元に戻しただけのことだ。感謝される謂れはない」

輝きを取り戻した目をパチパチと瞬かせ喜ぶフローロに、オウルはそっけなく言葉を返す。

「こ、これを全部読めというのか……？」

「別に読まなくとも俺は構わんがな」

その一方で、目の前に置かれた分厚い紙の束を凝視し脂汗を垂らすサルナークにオウルは涼しい顔で答えた。

「……フン。オレは貴様に仕えると誓ったのだ。このような取り決めなどしなくとも、好きに命じればいいだろうが」

サルナークは腕を組み、契約書から顔を背けると吐き捨てるように言う。

「ええと……サルナークが魔術によって女性に変化したときの取り決め……」

「今日中に全部読む」

だがフローロがそのうちの一枚を取り上げて内容を呟くと、サルナークはすぐさまそれをひったくるようにして奪い、そう言った。

「うむ。それがいいだろう。ところでできれば早急に行ってほしい頼みが一つあるのだが」

「何だ。女体化以外なら聞いてやる」

盛大に顔をしかめ、しかし真剣な眼差しを契約書に走らせながら、サルナーク。

「フローロを奴隷の身分から解放したい。お前ならできるな？」

「勿論だ」

だがオウルがそう問うと、彼は一転して野獣のように獰猛な笑みを浮かべて答えた。

＊　＊　＊

「サルナーク様、この度はお呼び立て頂き、誠に……」

「つまらん挨拶はいい。そんなことよりだ」

フローロの主人……コートーというその男をサルナークはギロリと睨みつける。

「単刀直入に言おう。お前が飼っているあの魔族の女。あれをよこせ」

「そ、そう申されましても……」

サルナークの命令に、コートーは慌てて答える。

「どうかご容赦を……あれはワタシにとって唯一の奴隷です。己の奴隷を所有する権利だけは、サルナーク様といえど侵害できぬはずです……」

この最下層に法らしい法はない。だがしかし、奴隷だけはたとえ相手が奴隷であったとしても一方的に奪ってはならないと決まっていた。サルナークはむしろその法を守らせる側の人間だ。

「無論、ただでとは言わん。相応の対価は用意する」

サルナークの合図にナギアが両腕に抱えた袋を数個、どさりと床に下ろす。その口からはたっぷりとした食料や雑貨、宝石などが覗いていた。最下層の奴隷一人を譲り受けるには十分すぎる量だ。

「……同意致しかねますな」

「何？」

だがいやらしい笑みを浮かべて首を振るコートーに、サルナークは眉をひそめた。

「申し上げました通りあれはワタシの唯一の奴隷。対価を頂いたところでおいそれとお譲りするわけには参りません」

「何だと⁉」

歯を剥き出し柳眉を吊り上げるサルナーク。コートーは「ひっ」と声を上げて身体をすくませたが、言葉を取り消しはしなかった。

おかしい、とサルナークは思う。コートーはフローロが魔王の娘であることなど知らないはずだ。そもそも最下層の人間たちは、魔王の顔さえ知らない。サルナークですら、彼らが『支配者』の名を関するスキルを持っているということくらいしか知らなかった。

だがコートーのこの態度は、フローロが価値ある存在であるということを明らかに知っているものだ。

「別に奴隷を解放する方法は一つだけじゃないんだぜ」

サルナークの手が、腰の剣の柄に添えられる。

「サ、サルナーク様こそ……ワタシはもう、あなた様の支配下にはないんですよ」

「何だと？」

そうしてなお下卑た笑みを崩さないコートーに、サルナークは目を剥いた。最下層にいる者たちはその大半が、サルナークの下に存在する。すなわち彼の奴隷であるか、そのまた奴隷であるかといった調子だ。

「ワタシは今、ユウェロイ様の奴隷です。おいそれと害すれば……サルナーク様とて、無事ではすみませんよ」

「ユウェロイだと……⁉　馬鹿な、なぜお前如きが⁉」

どうやら想定外のことが起こったらしい。隣室で見守っていたオウルが立ち上がろうとすると、サルナークは腕を上げてそれを制した。黙って見ていろということらしい。

「ユウェロイとは誰だ？」

「中層に住む有力な壁族の一人です。……普通、上の方の階層の者は、最下層の人間になんて関わらないものですが……」

代わりに傍らのフローロに尋ねると、彼女もまたどこか困惑した様子でそう答えた。

「そういうことなのでね。アレは引き取らせて頂きますよ。……そこにいるのはわかってる。さっさと来ねえか！」

コートーが怒鳴ると、フローロはびくりと身体を震わせた。主人だからといってその命令になんらかの強制力があるわけではない。しかし今まで何度も鞭打たれてきた記憶が、彼女を自然と従わせる。

だが彼女はその途中で、ピタリと足を止めた。

オウルの瞳が、彼女を射抜くように見据えていたからだ。

彼は腕を組んだまま壁にもたれかかり、何を言うでもなくフローロを見つめている。だがその言わんとするところははっきりと彼女に伝わってきていた。

フローロはキリリと表情を引き締め、ピンと背筋を伸ばし部屋を出る。その背を、オウルは笑みを浮かべて見送った。

「お呼びですか」

「待たせるんじゃねえ！　この……！　汚れた血……が……」

コートーの怒声は、フローロの姿を認めてあっという間にその勢いを失った。オウルが仕込んだ恐怖の記憶が未だ有効であったというのもある。

しかし理由の大半は、彼を見るフローロの姿が彼の知るものとまるで違ったからだ。

コートーの知るフローロは常に下を向き、陰気で覇気がなく、いつも何かに怯え背を丸めている少女だった。

それが今は毅然としてコートーを見つめ、それでいて気負った部分がまるでない。同一人物とはとても思えない、凛とした佇まいであった。

「コートー」

それまで「ご主人様」と呼んでいた相手を、フローロは自然に呼び捨てる。

「私はあなたにもう仕えることはできません。お引き取りください」

「な……」

その堂々とした立ち居振る舞いに、コートーは自分が呼び捨てられたことにすら気づかなかった。

「何を……馬鹿なことを……！　誰がお前を拾い上げ、今まで面倒見てやったと思っている！」

「はい。それには感謝しています」

全てを失い、最下層に追いやられたフローロが、辛く貧しい生活とはいえ今まで生きてこられたのはコートーが主となっていたからだ。少なくとも彼はフローロを手慰みに殺すようなことはなかったし、振るう鞭は痛みを与えるだけで取り返しのつかないような傷もつけられてはいない。

冷酷な主人についてしまったばかりに命を失っていった魔族はフローロが知るだけでも何人もいる。コートーのことを恨んでいるというのも、感謝しているというのも、偽らざる本音であった。

「ですが私はこれ以上奴隷という立場に甘んじているわけにはいかなくなりました。——魔王として命じます。私を解放しなさい」

毅然と言い放つフローロの言葉はともすれば居丈高に感じるものであったが、傍で聞いているサルナークの耳には不思議とそうは感じられなかった。むしろ、めちゃくちゃなことを言っているにもかかわらず正当な要求にすら聞こえる。

「王？　お前が……お前が王だって？　この汚れた血が……！」

だがコートーは唸るように言って、フローロを睨め上げた。

「何を勘違いしてやがる！　魔族が壁界を支配していたのは、もうずっと前のことだ！　お前はただの奴隷で、最底辺の存在だ！　何が魔王だ、この……汚れた血が！」

その指先から奴隷を打つための鞭を取り出そうとして、コートーは手を止める。

フローロの背後から、サルナークが射すくめていたからだ。

「その鞭を振るうなら好きにしろ」

サルナークはいっそ平静な声色で、そう告げた。

「ただしその瞬間に、お前の首は飛ぶ」

「ワ……ワタシは、ユウェロイ様の……」

「上等だ」

サルナークは刃を抜き放ち、獰猛な笑みを見せて答える。

「こっちはそもそも最上層を獲るつもりなんだ。中層の壁族如きにビクビクしてられるかよ」

それは、サルナークが本気でフローロにつくと決めたという証拠でもあった。

「さあ、とっとと決めな。このお嬢を解放するか、首だけになるか」

「ひっ……わ、わかった、わかりました！　フローロを……ワタシの奴隷から、解放する！」

サルナークが刃を閃かせ、コートーの頬に一筋の傷をつける。それだけで彼は音を上げて、悲鳴のような声色でそう叫んだ。

それと同時に、フローロの首についていた輪状の印が、まるでガラスのように割れて消え去る。

「た……ただですむと思うなよ！」

コートーはそう言い捨てると、一目散に部屋を飛び出していった。

「ありがとうございます、サルナーク」

「ハ！　別に礼を言われる筋合いはねえ。いいか、この際はっきり言っておく」

サルナークは剣を鞘に収めながら、ギロリとフローロを睨みつける。

「オレは魔族が嫌いだ。魔族の下で働くなんざ反吐が出る。お前を王と認めるつもりなんざこれっぽっちもねえ」

その瞳にあるのは明確な嫌悪。

「だが、お前とオウルの野郎につくのは美味そうだ。オレはどんな手段を使おうと必ず壁族に返り咲く。そのためには何だって利用してやる。……だから今は、お前に手を貸してやる。それだけだ」

「はい！　私も、そのつもりです」

触れれば切れてしまうような鋭い視線を向けるサルナークは、そうしてもニコニコと笑顔を浮かべるばかりのフローロに毒気を抜かれ脱力した。

「ほう。何だって利用する……か」

その時、出し抜けにオウルの声がした。それは彼がことの成り行きを見守っていたはずの隣室からではなく、コートーが逃げていった通路の方から。

「ならばこいつをそのまま逃がすのは、少々甘すぎるのではないか？」

そこには。

気絶したコートーをまるで野うさぎでも捕らえるかのように首を掴んで持ち上げ、邪悪な笑みを浮かべる魔術師の姿があったのだった。

3

「……オウル、何してるんでしょう」

「聞くな。知るか。知りたくもねえ」

隣の部屋から断続的に聞こえてくる男の悲鳴に耳を塞ぎつつ、サルナークはうんざりとした口調で答えた。

『こいつには少し聞きたいことがある』といってオウルがコートーの首を掴んだまま隣室に籠もり、一時間。最初は盛大に上がっていたコートーの悲鳴は次第に弱々しい悲痛なものになり、そして啜(すす)り泣きすら混じり始めた。

「やっぱり、私——」

「悪いことは言わねえ。やめとけ」

彼がなぜフローロに協力してくれるのかはわからないが、オウルが何をするにせよ、それはフローロの目的を叶えるためのもののはずだ。であるならば、それをきちんと己の目で見る必要がある。

フローロのそういった主張は、『邪魔だ』の一言で切り捨てられた。

「ですが……」

「つーかあいつはそもそも何なんだ？　どこであんなの拾ってきた？」

サルナークは今まで自分のことを、それなりに悪党だと思っていた。無論、上には上がいることくらいはわかっていたが、オウルの悪辣さは上とか下とか、そういうレベルの話ではないように思えた。

「あいつは何ていうか……そう。手慣れてるんだ」

自分で口にして、彼は思った以上にそれがしっくり来ることに気がついた。サルナークとて悪逆を成すとき、それが悪であることを意識して行う。今更そこに躊躇いなどしないが、それが『悪いこと』であることは認識している。

しかしオウルにはそういった気負いが全く見られないのだ。非道な行いを、呼吸をするかのように行ってみせる。それはナギアを罠に嵌めた時も、サルナークを追い詰めた時もそうであった。

「わかりません。ですが、一つだけはっきりしていることはあります」

だがフローロは微塵も疑うことなく、きっぱりと答える。

「彼は信頼できる人です」

「人は必ず裏切る」

その台詞にかぶせるように、呪詛のような言葉が降り注いだ。

「信頼するのは構わんが、お前はもう少し警戒心というものを持て」

オウルは痙攣するコートーをぞんざいに放り投げ、フローロとサルナークの間の席に座るとテーブルの上に置かれた水をぐいと飲み干す。

「『人は必ず裏切る』か……いい言葉じゃないか。誰の言葉だ？」

「俺だ」

とんでもなく苦いものを食べたような表情をするサルナークを無視して、オウルは続けた。

「あのコートーという男も大したことは知らないようだったが、一つわかったことがある。あいつ自身はユウェロイの奴隷だと言っていたが、正確にはあいつはユウェロイから三階層ほど下で、直接の主人はラディコという名だ。知っているか？」

「いえ……初めて聞く名前ですね」

フローロは首を横に振る。様子を見るにサルナークも同様であるらしい。

「わたくしが知っておりますわ、オウル様」

親しげな声色とともに音もなく現れたのは、蛇の下半身を持つ美女。ナギアであった。

「蛇め」

その姿を見て、サルナークは露骨に舌打ちする。

「オウル、この蛇に限って言えばまさしくお前の格言の通りだ。こいつは必ず裏切る」

「あらサルナーク様。酷いですわ。今まで誠心誠意お仕えしてきましたのに……支配者の瞳だってお渡ししたではありませんか」

目元を押さえ、泣き真似をするナギア。しかしその瞳からは一滴たりとて雫は流れていない。

「お前は使い方がわからず俺によこしただけだろうが。あれは奴隷を持たないものには全く無意味な代物だからな」

フローロの左目。『支配者の瞳』の力は、その名の通り己が支配するものの視界を盗み見る能力だ。実際には視界だけでなく、聴覚や触覚、更に嗅覚や味覚など、自分の奴隷が感じたこと全てを己のものにすることができる。

だが奴隷を持たないナギアやフローロにとっては無用の長物であった。

「それで、その情報の対価は何だ？」

「いやですわ、オウル様」

ナギアはその長い蛇の身体を絡めるようにするりとオウルにすり寄ると、彼の胸板にぎゅっと己の豊満な胸元を押し付けながら囁いた。

「何でもするという約束を結んだのですから、わたくしはあなた様の忠実なしもべ。対価など必要ないに決まっているではありませんか」

なるほど性悪だ、とオウルは内心で呟く。たちの悪いことに、彼女の今の言葉はほとんど嘘ではなかった。かと言って、心からの本音というわけでもないだろう。

確かに彼女は何でもするといった。だが契約というものは得てして、何をするかよりも何をしないかの方が重要なものだ。今のままではオウルに嘘をつくのも裏切るのもそれこそ何でもすることができる。

かといって、サルナークに対して行ったように大量の契約で縛るということもできない。今のナギアにオウルと契約を結ぶ理由がないからだ。命を盾に取るような状況だったとはいえ、契約はサルナーク自身が望んだこと。自分から望んで結んだ約束でなければ、契約の呪いは途端にその効力を失う。

「まあよい。聞いてやる」

「ラディコは下層に住む牙族で、『鉄の腕』のスキルを持つことで知られております。勇猛果敢にして豪放磊落(らいらく)。巨大な鉄槌(てっつい)を軽々と振り回し、翼獅子(よくじし)さえ一撃のもとに屠(ほふ)るとか」

つらつらと歌うように語るナギア。オウルが知りたかったのは戦闘能力よりもむしろ人となりや何を重んじるかだったが、内心で当てにならんなと呟くだけに留めた。

「……魔族か」

ナギアの説明に対し、吐き捨てるようにサルナーク。

「そもそも魔族とは何だ？」

そういえばしっかりとした説明を受けていないことを思い出し、オウルは問うた。

「魔族というのは私やナギアのように、魔の特徴を持つ者のことです。持っている部位によって、尾族や牙族、翼族などと呼ばれます」

己の額から生えた角に触れながら、フローロは説明する。

「ふむ……するとフローロは角族（かくぞく）と言ったところか？」

「いや。ややこしいが、角だけを持ったものはただ魔族と呼ばれる。魔族って言葉は広義には魔族全体を指し、狭義（きょうぎ）には角だけを持った種族を表す……というかオウル、貴様そんなことも知らずにお嬢の味方をしているのか？」

呆れたように問うサルナークに、うむとオウルは頷く。

「ってことはまさか、魔王についても知らないのか」

「ああ。だが大体の察しはつくぞ。能力に優れる魔族が統治していたが、人間たちが反乱を起こし王を殺す。娘は秘密裏に逃され、奴隷の姿に身をやつして再起を窺っていた……というところだろう」

「……おおよそ、その通りです」

オウルの推測を、フローロは首肯（しゅこう）する。ありふれた……と言うほどに実際にはよくある話ではないが、叙事詩（サーガ）にならばありがちな話だ。一つ気になるところはあったが、オウルはそれを無視して話を進めた。

「このタイミングで行動を起こすということは、そのユウェロイというものはフローロの事情を知っており、更に監視していた……ということになるだろうな」

正体のわからぬ不審な男が近づいたからか。あるいは、その男を伴って最下層の主を下したからか。直接的な理由はわからないが、一つだけはっきりしていることがある。

「となれば必然、このまま黙って見ているということはなかろう」

ユウェロイは、フローロの道を阻むつもりだということだ。

「ハ。どうでもいいさ。邪魔をするならぶった切るまでだ」

サルナークは椅子に背を預け、長い足を組んだ。オウルの渡した契約書には、『鋼の盾』を奪わないと書かれていた。故に彼のスキルは未だ健在である。鉄槌だろうが長槍だろうが負ける気はしない。

「うむ。サルナーク、お前にはやってもらいたいことがある」

「いいぜ、大将。どいつでも真っ二つにしてやる」

カチリと剣の鯉口を鳴らすサルナーク。

「いや、剣は使わん。代わりにこれを使え」

そんな彼に、オウルは用意しておいたものを渡した。

「……何だ、こりゃ」

それは棒状ではあったが剣ではなく。

長い柄を持ってはいたが槍でもなく。

大きな頭を持っているが斧でもない。

「見てわからんか？」

「いや……わかるから、言ってるんだが」

サルナークは袋状になった先端を見つめ、うんざりした口調で言う。

「……俺に虫でも捕らせようってのか」

それはいわゆる、たも網だった。

4

「このダンジョンには足りないものが一つある」

「一つ……ですか？」

「……」

反射的に返したフローロの問いに、しかしオウルは押し黙った。

「オウル？」

「いや……一つどころじゃないな。二つ、三つ、四つ……うむ。むしろ足りているものを数えた方が早い」

「そんなに駄目なんですか⁉」

指折り数えだし、それすら途中で放棄するオウルにフローロは思わず叫んだ。ダンジョンというのが壁界全体を指す言葉であることは教えてもらっている。つまりは世界全体への駄目出しである。

「駄目というと語弊がある。ダンジョンに何を望むかは人それぞれだ。飽くまで俺の理想とするダンジョンに足りぬものがあるというだけのこと」

「はあ……」

独白のように語るオウルに、ピンと来なかったらしくフローロは小首を傾げる。

「あ、もしかしてそれが、サルナークに捕まえさせてるのと関係するんですか？」

「うむ。アレもそのうちの一つではある……少し魔力をもらうぞ」

オウルは出し抜けにフローロを抱き寄せると、彼女に口づけ魔力を奪った。何せ大気中にも食事中にもほとんど魔力が存在しないのだ。魔術を使わなくとも身体の中の魔力は目減りする一方であった。

その一方で、オウルが奪ったフローロの魔力はしっかり回復している。なんらかのスキルを持っているのか、それとも別の仕組みがあるのか、未だにオウルにさえわかっていなかった。

わかっているのは、こうして定期的に魔力を補充する必要があるということだけだ。

「ん……オウル……」

唇に伝う銀の糸を、フローロの舌がぺろりと舐め取る。先程までの控えめで生真面目な様子とは打って変わって、とろりと蕩けた艶めかしい表情でフローロはオウルを見つめた。

「するんですか……？」

問いの形を取りながら、明らかに期待した様子でフローロはオウルの手を取り、己の胸に押し当てる。その柔らかく悩ましい感触に、オウルがその気になりかけたときのことだった。

「……何盛ってんだ、貴様らは……」

膨らんだ布の袋とたも網を抱え、ぐったりとしたサルナークが地獄のような声色で割って入ってきたのは。

「うるせえ乳揉みながら労うんじゃねえ！」

眉一つ動かさずに答えるオウルに、サルナークは怒鳴りながら網を地面に叩きつけた。

「ご苦労。早かったな」

「そら。これでどうだ」

「……うむ。申し分ない量だ」

サルナークから袋を受け取り、その中身にオウルはニヤリと笑みを浮かべる。

「フローロ。悪いが伽はまた後だ。これをナギアに渡してきてくれ」

「はい、わかりました！」

フローロは再び人が変わったかのように快活に答えると、布袋を抱えて部屋を出ていく。

「……アンタまさか魔族を抱く気か？　女が欲しいなら融通してやってもいいんだぜ」

部屋に残されたサルナークは、不意にオウルにそんなことを尋ねた。

「ふむ……魔族嫌いだから言っているというわけではなさそうだな。人間と魔族が性交渉するのは一般的ではないのか？」

聞き返しながら、性交そのものは普通に存在することにオウルは少し安堵した。フローロの思い込みではなく、この世界の生き物が接吻によって繁殖する可能性もゼロではないと考えていたからだ。

「あったり前だろ。あのお嬢はまあ、だいぶ人間に近い見た目だからそこまで抵抗はないかもしれんが……それでも人間じゃねえんだぞ？　ましてや蛇だの猫だの鳥だの相手に欲情できるかよ」

「ふむ……そんなものか」

嫌悪感を滲ませ眉をしかめるサルナーク。彼からすれば、獣を相手にするのと似たようなものなのだろう。あれほど麗しい見目を持つフローロが、奴隷の立場でありながら穢れを知らぬ身であったこともそれが理由なのかもしれない。

「そんなものかってなぁ……じゃあお前、あのナギアに突っ込めるってのかよ？　化け物の癖に色目使ってきやがって気色悪ぃと思ったろ？」

「いや、別に抱けるが」

ラミアは人と蛇の身体の境目、人間ならば股間の部分に膣口があったが、尾族はどうなのだろうか。などと考えつつも、オウルはあっさりとそう答えた。

「じょ、冗談だろ⁉」

「確かに性格には少々難があるがな。見目は十分良かろう」

オウルにとっては見た目よりもむしろ性格の方が難点であった。『何でもする』という契約を結んだのだから、その気になれば伽を命じることもできる。オウルがそうしないのは、隙あらば寝首をかこうとする魂胆が丸見えの性根が大きかった。

「腰から上だけならな⁉　だけどあの下半身を見ただろ！」

「何を言っている？」

呆れすら滲ませた声色で、オウルは言った。

「下半身も美しいだろう、あれは」

人からはわかりづらいが、蛇の身体とて美醜はある。あらゆる魔に通じ、魔王と呼ばれるオウルにとってはもはや人の肉体を見分けるのと変わりない。

太すぎず、されども細すぎもせず、すらりと伸びた尾にキラキラと輝く鱗。上半身同様、美女……いや、美蛇と呼んで差し支えのない身体であった。

「……貴様、本気……いや、正気か……？」

まるきり狂人を見る表情で、サルナークはオウルを凝視する。

どうやら人間が魔族を性的な対象に見るというのは随分おかしなことらしいが、それならそれで好都合だ、とオウルは思う。別に処女に拘るわけでもないが、他の男の手がついてないならそれに越したことはない。

「さてな。正気ではないかもしれぬが、それがどうかしたか？」

「……参った。降参だ。アンタにゃ勝てねえよ、大将」

真顔で返すオウルに、サルナークは両手を上げて肩をすくめる。

そしてその背後、通路の物陰で、ナギアは危うく布袋を取り落しそうになっていた。

（ほ、ほ、ほ……本気ですの――⁉）

その白い肌が、頬どころか耳の先まで真っ赤に染まっていく。

（え……⁉　じょ、冗談ですわよね⁉　わたくしのこの下半身が、美しいだなんて……）

実のところ、美醜の感覚は人間も魔族もそう差はない。見慣れており、何より自分自身の身体であるということで蛇の尾に対する嫌悪感こそないものの、人から疎まれ嫌われることは仕方のないものと思う程度には、ナギアも己の身体を疎んじていた。

腰から上の美しさに関しては自信があるものの、この蛇の下半身のせいで誘惑が上手くいった試しもない。

（そんなわたくしを……オウル様は、抱きたいだなんて――！）

抱きたいとは言っていないが、ナギアの中では既にそういうことになっていた。

（し、しかも……わたくしの魅力にメロメロで正気ではないなんて――！）

そういう意味では全くなかったが、ナギアの中では既にそういうことになっていた。

「どうしたんですか、ナギア？」

頬を押さえ硬直するナギアに、フローロは不思議そうに尋ねる。

その声に、ナギアはハッと我に返った。

一瞬のぼせ上がってしまったが、そんな都合のいいことが起こるはずがない。誰が好きこのんで蛇女を抱きたいと思うものか。

そもそも人間とは自分と異なるものを嫌うものだ。魔族と性交したいと思うわけがない。

「フローロ様。オウル様と……その……こ、子作りをしたというのは、冗談ですわよね？」

「？　いえ？　たくさんしましたよ」

曇りなき瞳で答えるフローロ。

（完全にわたくしも狙われてる――――っ！）

その言葉に、再びナギアの表情は真っ赤に染まるのだった。

「おい」

その耳元で、突然低い声。

「そこで何をしている」

「オ、オオオオ、オウル様っ⁉」

まるでナギアを追い詰めるように壁に手をつき、オウルの瞳がじっと彼女を見つめていた。

（そ、そんな熱い視線でわたくしを……！）

（こそこそと何を画策しているやら……）

それは実際にはほとんど睨みつけるに近いものであったが、ナギアにとっては熱意を持った視線に思えていた。

「準備はできたのか？」

「は、はいっ！」

ナギアから布袋を受け取り、その首尾を確かめオウルは満足げに頷く。

「あ、あの……オウル様……」

「何だ」

そんな彼を見上げ、ナギアは問うた。

「先程、サルナーク様との会話が聞こえてしまったのですが……わたくしをお抱きになりたいとか？」

（わたくし何を言ってますの――!?）

蛇の身体に嫌悪を持ちつつも、それでも豊かな双丘に目を向ける男の視線というのは滑稽でおかしいものだ。ナギアはどうせ自分など誰も相手になどしないということをわかった上で、色香を振りまく癖がすっかり身についてしまっていた。

「……安心しろ」

だが思い返してみれば、オウルの視線はほとんどナギアの胸元には向かっていなかった。

「今はまだそのつもりはない」

フローロと違って、ナギアは魔力をほとんど持っていない。故に彼女を抱くとなればそれは快楽のためだけだ。彼女に魅力を感じているというのは嘘ではないが、流石のオウルも元の世界に何人もの妻を残してきたこの状況で享楽に耽る気にはなれなかった。それが毒杯であるならなおさらだ。

（た……）

しかしそれはナギアにとっては、

（大切にされてる――――！）

そのように映った。今はまだ、ということはその気がないというわけではない。けれどすぐには手を出さない。それはナギアのことを慮り、配慮してくれているとしか思えなかった。

「……ではその日を楽しみにお待ちしておりますわね」

「ああ……」

ぎゅっと胸を押し付けるようにオウルを上目遣いで見つめながら、にこやかに微笑むナギア。

（自ら身体を差し出そうとするか……）

オウルほどの魔術師であれば、相手が処女であるかどうかは身体に触れればわかる。服越しとはいえ、たっぷりと開かれた胸元を押し付けられればナギアが未経験であることは明らかであった。

（やはり何か企んでいると見てよかろうな）

そんな相手が積極的に身体を許そうというのだ。オウルでなくとも何かあると考えざるを得ない。自分のダンジョンでもなく、魔力も乏しいこの現状で誘いに乗るのは愚策だろう。

（早くその日が来ないかしら……）

（そう簡単にこの俺を出し抜けると思うなよ）

そうして、二人は決定的にすれ違ったまま、表面上は和やかに笑みを交わし合うのであった。

5

「ん……ちゅ、ふ……ん、は。ぁ……ちゅ、ふぁ……」

オウルの脚の間に跪きながら、フローロはうっとりと反り立つ剛直に舌を這わせる。

「んっ……ふふ、ぴくんってなりました。気持ちいいですか、オウル……？」

「ああ……悪くない」

オウルが声を抑えるようにそう答えると、フローロは嬉しそうに笑んで、肉茎に頬を擦り寄せるような仕草で根本から先端を舐め上げた。

正直に言えば、悪くないどころの話ではなかった。つい先日まで処女であった、今日初めて口淫を覚えたばかりの少女に、オウルは相当追い詰められている。

辿々しかったのは始めてすぐのほんの僅かな間だけで、オウルが二、三アドバイスしただけで彼女は瞬く間に奉仕の技術を上達させた。今ナギアが彼女の胸に腕を突っ込めば、『フェラチオＬＶ３』あたりが取れるのではないか。思わずそんな馬鹿なことを考えてしまうほどであった。

「んふ……オウル、触ってください……」

オウルがちらりと視線を向けたのを目ざとく察したのか、フローロは彼の手をぐいと引っ張ると己の胸に押し当てる。

ずっしりとした重量感と、それに不釣り合いなほどの柔らかさがオウルの手のひらを襲った。これほど柔らかいものが、なぜこの重さで形を保っていられるのか不思議なほどだ。

手のひらの中でほんの僅かに力を込めるだけでふにふにと形を変える柔肉の、その先端だけが硬く張り詰めて存在を訴えるかのようにぐりぐりと押し付けられる。

「あっ……あぁんっ」

ついと指先で摘めば、打てば響く鐘のようにフローロは嬌声を上げた。

「もぉ……お返しですっ」

そう言って、フローロは教えてもいないというのにオウルの男根をぱっくりと口の中に咥え込んだ。

「うっ……く……！」

そのあまりの快楽に、オウルは思わず呻(うめ)き声を上げる。太く大きい怒張を口の中にすっぽりと収めながらも、輪にした指先で根本を扱(しご)き立てる。そうして先端に追いやるようにした快楽を、舌で転がし、唇で締め付け、ちゅぷちゅぷと音を立てながら吸い上げる。

「んっ……んっ、んっ……んぷっ、ちゅぷっ……」

それは百戦錬磨の魔王をして、魂が抜けそうなほどの快楽だった。腰にビリビリと痺れるような快楽がわだかまり、放出されるのを必死に堪える。

「じゅぷっ、ちゅっ、ちゅぅっ……ちゅっじゅぷっじゅるるっ……」

しかしフローロはそれを察したかのように手と唇の動きを速め、強く先端を吸い上げた。

「ぐ、う……！　出す、ぞ……！」

堪えきれず、オウルはぎゅっとフローロの右胸と彼女の頭を鷲掴みにする。

「んっんっんっ……んーっ……」

だが彼女は嫌がるどころか目だけで微笑んで、口淫奉仕にラストスパートをかけた。

その喉奥めがけ、オウルは快楽を解き放つ。それと同時に、ほとんど無意識にオウルは彼女の頭を押さえて離れるのを防いだ。初体験をすませたばかりの少女相手に、普段ならば絶対にしない動作だ。

しかしフローロは逃げる素振りも見せず、ぷっくりと頬を膨らませて口内に放たれた夥しい量の精液を受け止めた。

「ん……あはっ……」

それをそのままこくんと飲み下し、口の端から漏れ出た白濁も指で拭って丁寧に舐め取ると、更に精を求めるかのように肉槍の先端に口をつけてちゅうちゅうと残滓を吸い取る。

「おいしいです……」

そしてそのまま、再びオウルの男根を舐めしゃぶり始めた。

しゃがんだフローロの股の間は、愛液がとろりと滴り落ちて床に小さな湖を作るほどに濡れている。口での奉仕だけでこれ以上ないほど発情しているのだ。にもかかわらず、彼女は挿入をねだることもなく、心底嬉しそうにオウルの肉槍をねぶっている。

まるで男の性器が何よりも好きだと言わんばかり。淫魔もかくやという淫らさであった。

「フローロ……」

オウルの方が耐えきれず、挿れてやるから尻を向けろと言いかけた、その時のこと。部屋の片隅に設えられた木の板がカラコロと音を立てた。

「オウル、これは」

「ああ……侵入者だな」

間の悪いことだ、と歯噛みするが仕方がない。

「……います。下層に入ってきています！」

未だに怒張しているオウルのそこから手を離し、左目だけを見開いてフローロが言った。あいも変わらぬ凄まじい切り替えの早さだ。オウルとて、気を静めて反り立ったそれをしまい込むのにはもう数秒の時を要した。

「通路を進んで……あっ、かかりました、オウルの作った罠に引っかかりました！」

このダンジョンに足りないもの。いくらでも挙げられるが、オウルが最初に足りないと感じたのは、罠の存在であった。

罠のないダンジョンなど、ただの地下街でしかない。地下迷宮の名が示す通り、迷わせ侵入を拒むことこそがダンジョンの本質だ。だがサルナークですら、己の住処に対する防衛機構を用意していなかった。物を作るスキルが希少だという事情もあるのだろう。

「敵は何人いる？　どんな連中で、どの罠にかかった」

本来であれば魔術を用いて監視するところだが、今の乏しい魔力はできる限り節約したい。故に、オウルはフローロの支配者の瞳を利用していた。

サルナークに従っていた奴隷たちの大半は、結局フローロに従うことに決めたらしい。何よりサルナーク自身がオウルに従っているというのも大きいのだろう。実際は異なるが、フローロ→オウル→サルナークという支配構造である。

相手の狙いが何なのかはわからないが、いちいち無関係な最下層の住民と関わるとも考えづらい。そのためオウルは、奴隷たちをフローロの『目』として最下層の様々な場所に配置していた。

「それが、その……一人です。一人で、落とし穴に落ちました」

「一人だと？」

相手はどのような手段を用いてかはわからないが、フローロの動向を掴んでいる。ならば、サルナークがその配下になったことも知っているだろう。

コートーの主人は『鉄の腕』の異名を持つラディコという男であるという。『鋼の盾』を持ちあらゆる攻撃を無効化するサルナークとは相性が悪いはずだ。ならば部下を用い集団で襲ってくるだろうということを想定しての罠であった。

罠というのは侵入を完全に阻むものでも、一撃必殺を狙うものでもない。侵入者の勢いと戦力を削ぐためのものだ。

罠があれば人はそれを警戒する。疑心暗鬼は足を鈍らせ、精神を摩耗（まもう）させる。小さな傷も積み重なれば大きな物となり、体力を奪っていく。

だが敵がたった一人であるならばあまり意味がない。直接打倒した方が手っ取り早いしコストもかからないからだ。

「……まあ、罠にかかったならいい。捕らえに行くぞ」

落とし穴といっても致死性のものではない。行動力を奪うためのものだ。一人であれば這い上がることも不可能だろう。

「いえ……穴の中から飛び出てきました」

「何だと⁉」

何せここは最下層だ。下の層に突き出る心配がないから、壁や床を操ることのできるオウルにとっては、深くする分にはいくらでも深い穴を掘ることができる。かなり深くした上に、すり鉢状の逆に下に行くほど広くなる穴を掘ったから壁面を伝って登ることも不可能なはず。

「す、すごい勢いで走ってきま……あっまた罠にかかった。吊るされてます」

吊るされたということは引っかかったのはくくり罠（ワイヤートラップ）だろう。見づらく迷彩された紐に脚を引っかけると、輪にした紐が脚を締め付けそのまま中空に吊り下げるという罠だ。

森の中に張るならともかく、紐を隠すもののないダンジョン内では比較的発見が容易で避けやすい罠なのだが……

「あっ、紐を引きちぎって降りて……すぐ落ちました⁉」

それを跨いで避けると、直後の落とし穴に落ちるように設置してあった。いわゆる二段構えの罠なのだが、ご丁寧にその両方に引っかかるとは、よほど注意力のない相手らしい。

「あっでもまた出てきました！　だいぶ頭に来てるみたいです！　すごい速度で走って……あっ、捕捉範囲から抜けちゃいました……」

まあそうなるだろうな、とオウルは額を押さえる。一つ目の落とし穴と深さにそう差はないのだから、抜け出すだろう。普通ならば冷静さを失った相手というのは罠に嵌めるのに最適なのだが、ラディコはそれを強引に突破するパワーを持っているらしい。

詳しい事情を探るため、罠の大半を非殺傷性にしておいたのが仇になった。部屋の外からドカバキと破砕音が聞こえてくる。ラディコはだいぶ近づいてきたようだ。

「あっ、サルナークが戦闘に入りました。えっ……嘘⁉『鋼の盾』に物理攻撃は効かないはずじゃあ……」

フローロが驚きに目を見開くが、オウルは驚かなかった。敵が一人であるという時点で半ば予想していたことだ。サルナークの能力を知った上で突撃してきたなら、それをどうにかする手段を持っているのは当たり前のことだ。

「フローロ、来い」

オウルはフローロの肩をぐいと抱き寄せる。その次の瞬間、オウルが設置しておいた扉が弾け飛んで、先程までフローロがいた空間を切り裂き、壁に当たって粉々に砕けた。

「えっ？」

折角木材をかき集め苦労して作ったものを……と内心で呟きつつ、オウルは侵入者を見据える。

それは、オウルが想像していた姿とは随分違った。

勇猛果敢にして豪放磊落。巨大な鉄槌を軽々と振り回す下層に住む牙族。

なるほど。男とも巨漢とも言っていないな。とオウルは納得した。

巨大な鉄槌を手にし、身体のあちこちに矢が刺さったり焼け焦げていたり粘液がこびりついたりといった罠の痕跡を残した牙族の戦士は、しかし少女と言っていい外見であったからだ。

手にした鉄槌とは不釣り合いに小柄な少女だった。ふわふわとした毛並みの大きな尻尾と、オレンジがかった髪の上にぴょこんと突き出た耳。満身創痍かつその鉄槌からサルナークの血が滴ってさえいなければ、愛らしいという言葉がぴったり似合ったであろう少女であった。

「妙な仕掛けを作ったのは、キミ!?」

ラディコは鉄槌をびしりとフローロに突きつけ、怒鳴る。

「え……いえ……」

「俺だ」

戸惑うフローロを離して、オウルは己を指差した。

「よーし！　そこを動かないでよお！」

言うやいなや、ラディコは鉄槌を振り上げオウルに向かって突進した。フローロが補足してからここに辿り着くまでの時間でおおよそ把握はしていたが、ラディコの足はそこまで速くない。ユニスに比べればあくびが出てしまう程度の速度だ。

だが破壊力で言うなら雲泥の差だろう。あの鉄槌に掠（かす）っただけでもオウルはぐちゃぐちゃにすり潰されてしまうに違いない。

「行け」

故にオウルは言われた通りその場を動くことなく、布袋の口を開いてそう命じた。途端、袋の中から無数の蜂が飛び出してくる。サルナークに集めさせた蠍蜂（さそりばち）と呼ばれるモンスターだ。

それは角兎のスキル『突進』を使って、矢よりも早い速度でラディコの全身に突き刺さった。

「痛（いた）あ!?　なにこれ、なにこれえ!?」

すっ転んだラディコの手から飛び出した鉄槌を、オウルは軽く首を曲げてかわす。それは背後の壁に激突すると、粉々になった扉の横に転がった。

「身体……動かな……よお……」

ラディコは地面に突っ伏したまま、弱々しい声を上げる。

「蠍蜂のスキル『麻痺針』だ。こんなにすぐ使う羽目になるとは思わなかったがな」

警戒音を立てながら宙を舞う蠍蜂たちに、オウルは魔術で命じて袋に詰め直す。

角兎の『突進』を、フローロは使い勝手の良くないスキルであると評していた。敵に向かって高速で突き進むだけなのだから、さもあろう。しかし角兎は同時にパンも落とすため、スキルの結晶は相当余っているのではないか、とオウルは考えた。

ナギアに聞けばまさにその通りで、その大量に余ったスキルを上手く使えそうなモンスター……蠍蜂に覚えさせたのである。捕獲してきたのはサルナークだ。鋼の盾を持つ彼であれば、麻痺針を食らう心配もなく好きなだけ捕らえることができる。

そうして突進を覚えた蠍蜂を魔術で操れば、再利用可能な上に回避が難しく命中した相手を麻痺させる飛び道具の完成だ。知能の低い昆虫型のモンスターを操ることなど、オウルにとっては赤子の手をひねるよりもたやすい。

「モンスターにスキルを覚えさせるなんて、考えもしませんでした……」

「モンスターから取ったスキルをモンスターに覚えさせることの何がそう珍しいのかわからん」

サルナークやナギアと全く同じ反応をするフローロに、オウルは首をひねった。人間は高い学習能力を持っているのだから、わざわざスキルなどというものを使わずとも訓練すればいいだけの話だ。

だが知能の低いモンスターに複雑な動作を仕込めるのであれば、これは大きな強みである。もしここにスピナがいれば、どれほど手のつけられないスライムを作ったことか。

そんなことを考えつつも、オウルは麻痺して動けないラディコの小さな身体をひょいと担ぎ上げる。

「何を……する気なの……よう……」

ラディコの問いに、オウルはふむと考えた。思った以上に彼女の身体能力は高かった。縛り付けたところで動きを拘束するのは難しいだろう。麻痺毒もどれほど持つものかわからない。

「そうだな……」

更に言えば、ラディコが敗北したことも早々に知られるだろう。増援が来るよりも早く、彼女に口を割らせる最も効率的な手段は何か。オウルはいくつか候補を思い浮かべるが、その中で最も有用なのは、といえば……

「気持ちのいいことをするんですか？」

なぜか目を輝かせて尋ねるフローロ。

「……まあ、そうなるか」

そうなるのだった。

6

「魔力というのは実に様々な性質を持っている。中でも最も単純な利用法がこれだ」

ピンと伸ばしたオウルの人差し指の先端に、琥珀色の光が灯る。

「魔力というのは空気のように形のないものだが、圧縮すると形と硬さを持つ。そうした上で形状を整えてやればこの通り。量を増やしてやれば剣にも盾にもなる」

その指先で布をついと撫でると、切れ落ちた布がぱさりと床に落ちた。

「これが、魔術……」

「いや、正確には違う。これはただの魔力操作であって魔術ではない」

「どう違うのですか？」

新しい弟子の素朴な疑問に、師は少し考えた。それは理屈というよりは慣習的、感覚的な分類であったからだ。

「ナギアのスキルに剣術というものがあっただろう。剣を使わねば剣術ではなく、剣をただの棒のように振るってもそれは剣術ではない。そこに術理を効かせ、刃筋を立て敵の急所を狙ってこその剣術だ。それに近い」

「ええと……なんとなく、わかる気がします……」

剣術スキルを持たないフローロにはあまりピンとこない説明だったが、しかしオウルの言いたいことはなんとなく察して頷く。

「例えばこのままでは集中を解けば魔力もまた形を失う。それでは実戦では使いにくい。そこで呪文によってそれを補い、集中を解いても形が保てるようにしてやればそれは魔術だ」

「……つまり、自分の意志から離れるということですね」

聡明な弟子の視点に、オウルは満足げに頷く。

「その通りだ。故に魔術は常に暴走の危険を持つ。ゆめゆめ油断するなよ」

「わかりました！」

折角膨大な魔力を持っているのだ。フローロにもその扱い方を覚えておいてもらうに越したことはない。だが、スキル結晶の力を利用するつもりのないオウルは、フローロを弟子として魔術を一から教え込んでいた。

「さて。では時間もないことだし、早速施術へと移る」

オウルはそう告げると、部屋の中に存在する三番目の存在へと目を向けた。

両手両足を壁に固定され、服を切り裂かれて全裸になったラディコである。

サルナークが言うには、このダンジョンの壁は誰にも破壊できないのだという。確かに強力な術が籠もっているのは感じるが、オウルにとってはただの壁だ。誰にも破壊できないというのであれば、それは最高の拘束具であった。

「そういえば、これも魔術なんですよね？」

「そうだ。だが見た目よりもかなり高度なことをしている。お前にはまだまだ無理だ」

「見た目よりも何も、絶対なる『母なる壁』を動かすことより高度なことがあるとは思えないのですが……」

ぼやくフローロを無視して、オウルは彼女の手を取った。

「今回お前にやってもらうのは、簡単な身体操作だ。簡単と言っても奥は深いが、方向を持たず動いてない物を対象に単純な強弱だけであれば、お前にもできるだろう」

身体強化は簡単だが、難しい。例えば腕の力を何も考えずに上げてしまえば、強化された筋肉は己の骨をすぐさまへし折るだろう。方向を間違えれば敵を殴るつもりが己を傷つける。戦いながら強化するなら動く身体に合わせて魔術も動かさなければならない。

だが固定された相手の感覚を強化するだけであれば、初心者でもそう難しくはなかった。

「こうだ」

オウルは握ったフローロの手を通して、彼女の魔力を操りラディコに感覚強化の術をかける。

「あっ。これ、この前オウルが私に使っていたものですね」

「ほう。よくわかったな」

自分に使われた魔術を使う感覚から特定するというのは、例えるなら石に彫られた鏡文字を指で触っただけで文章を言い当てるようなものだ。単純なものとはいえ、フローロの記憶力と勘の良さにオウルは感心した。

「ん……ん……」

目を閉じ気を失ったまま、ラディコは小さく声を上げる。

「強さとしてはこの程度で大体……そうだな。平時の二、三十倍と言ったところか。感度は魔力量に対し比例するのではなく、二次関数的に上がっていくから気をつけろよ」

「わかりました」

真剣な面持ちで頷くフローロに術を任せ、オウルは改めてラディコに向き直る。

「『目を覚ませ』」

オウルがそう告げると、ラディコはぼんやりと目を開いた。その焦点はあっておらず、呆けた表情で彼女は顔を上げる。

「ここは……どこお……？」

「心配することはない。ここは安全な場所だ」

夢を見ているような顔つきで呟くラディコに、オウルは優しげな声で囁いた。実際、今の彼女は夢を見ているようなものだ。

単純な刺激の繰り返しと魔術の併用によって、ラディコの思考は今深い催眠状態にあった。起きてはいるが、意識がない状態。

そういえば初めてユニスと出会ったときも、このような手を使ったのだったか。オウルは不意に随分昔のことを思い出し、軽く首を振って意識を目の前に集中させた。

「お前と少し話がしたいのだ」

「ボクと……お話しい？」

間延びした口調で問うラディコに、オウルはそうだと頷く。

「でもお……知らない人と、話しちゃいけないって、フォリオ様が……」

「俺の名はオウル。アイン・ソフ・オウルだ。お前は？」

「ボクは……ラディコ。鉄……じゃなかった、銀の腕のラディコ」

銀？　とオウルは内心首を傾げるが、ひとまずおいて続けた。

「これで知らない間柄ではないな」

「ん……じゃあ、大丈夫だね……」

するとラディコはあっさりと納得する。催眠状態にあるとはいえ、やはり物事をあまり深く考える方ではないらしい。

「誰に言われてここに来たんだ？」

「それは……言っちゃいけないって……」

その返答に、オウルは眉根(まゆね)を僅かに寄せた。捕らえられた時の対策が既にしてある。しかも命令系統をわざわざ隠すということは、中層のユウェロイやその下の人間とも別の者から命令されている可能性がある。

「言ってはいけないと言ったのは誰だ？」

しかし特定の情報だけを隠すのなら、言い含めるのでは不完全だ。『何も話すな』と命じられていない限り、それを隠せと命じたのは誰かと無限に聞き続けていけば必ず綻びが生じる。

「フォリオ様……」

「フォリオ様というのはお前の主人か？」

ラディコはこくんと頷いた。

「なるほど。俺はお前をここに送ってくれたものに礼をしたい。フォリオに贈り物をすればいいか？」

オウルはやや持って回った言い方で尋ねた。それを肯定すれば、ラディコをここに送った者がフォリオであることは明白になる。しかし催眠状態ではそのような論理的な思考はできないものだ。

彼女が禁じられているのは彼女をここに送ったものの名を口に出すことだから、このような問い方をすれば回避することができるのだ。

「ううん、違う……フォリオ様じゃないから……」

案の定、ラディコは首を横に振った。

「ではユウェロイか？」

「ううん……」

やはり、別の命令系統がある。この用意周到さを鑑みるに、コートーの時点で偽情報を与えられたと考えるべきだろう。流石に全くの無関係ではないだろうが、ユウェロイまで辿っても何の事情も知らない可能性すらある。

「ラディコ。今から俺はお前のことを気持ちよくしてやる」

オウルはフローロに目配せすると、ラディコにそう囁いた。

「気持ちいいというのは、お前にとってよいことだ。そうだろう？」

「気持ちいいのは……よいこと……」

当たり前で、単純な論理。

「だからそのいいことをしてくれる相手を、お前は少しずつ好きになる」

「いいことを……好きになる……」

催眠状態のラディコの頭に染み込ませるように、オウルは繰り返し暗示を仕込んでいく。

「そうだ。このように」

「んっ……」

オウルがラディコの胸元を撫でると、彼女はぴくりと反応した。その小柄な身体に相応しい、なだらかな膨らみ。幼さを多分に感じさせる体つきだが、成熟自体はしているのだろう。フローロの魔術の補佐があることを差し引いても、感度はそう悪くない。

「好きな相手に触れられるのは嬉しいことだ。お前が俺のことを好きになればなるほど、気持ちよくなっていく」

「んんっ……ふぁ……」

ツンと尖った先端をそっと指の腹で押しつぶすように撫でる。込み入った事情を聞き出すには、催眠を一度解く必要がある。しかし催眠が解ければ正直に答えるはずもない。故に、今のうちにしっかりと仕込んでおく必要があった。

「胸よりも……こちらの方が好みか？」

「あっんっ……！　そこはあ……！」

ついとオウルが指先でラディコの秘部に触れると、一際大きな反応があった。粘膜に傷をつけぬように細心の注意を払いながら、オウルは指をつぷりと侵入させていく。既にしっとりと濡れそぼった秘所は、さしたる抵抗もなくオウルの指を咥え込んだ。

「あっ……んんっ……！　く、ぅんっ……！」

あどけなさを残すラディコの唇から甘い声が漏れ出る。経験はないようだったが、自分で弄(いじ)ったことくらいはあるのだろう。胸よりも段違いにいい反応だった。

「俺の指を感じるだろう？　集中しろ。太い指がお前の膣内に第二関節まで入って……膣壁(ちつへき)を、ゆっくりとなぞる。指の腹で軽く押しながらこうして少し曲げると、強い快感が走る。ここには女の快楽を呼び起こす釦(ボタン)があるからだ……」

「あっ、んっ……！　ふ、あぁっ……！」

ラディコの秘所、そのごく浅い場所をオウルの指が撫でる度に、そこからは愛液が溢れ出してオウルの手を汚す。

「気持ちいいだろう？　口に出してみろ。そうすると、もっと気持ちよくなる」

「きもち……いい、よお……！　気持ちいいよお！」

ラディコが叫ぶやいなや、オウルの指を膣口がきゅうと締め付ける。

「気持ちよくなればなるほど、お前は俺を好きになる。俺を好きになればなるほど、お前は気持ちよくなる。そうして、お前はどんどん高みに登っていく」

「あぁっ……きもちーよお……！　もっと……もっとお……！」

オウルの暗示を素直に聞いて、ラディコはどんどんと上り詰めていく。腰をガクガクと震わせ愛液を洪水のように滴らせながら、ラディコは更に愛撫をねだる。

「そうだ。今は何もかも忘れて気持ちよくなれ。快楽で頭が真っ白になったその時、お前は一度全てを忘れる。しかし本当に忘れるわけではない。問われればすぐに思い出せる」

最後の暗示を塗り込めて、オウルは指の速度を僅かに上げた。

「さあ、快楽はどんどん強くなる。意識がふわりと宙に飛んで……一気に解き放たれるイメージだ」

「あぁっ！　ふあぁあぁっ！　飛んじゃうっ！　飛んじゃうよおっ！」

「イけっ！　イくと言うんだ！　そうすれば、お前は一番気持ちよくなれる！」

膝をガクガクと揺らし、舌を突き出して、ラディコはぎゅっと全身に力を込める。

「イくっ！　イくっ！　イっちゃうよおっ！　あぁあぁっ！　ああああっ！」

一際強く、ラディコの膣口がオウルの指を締め付けて。

「イっ……くぅぅぅっ！」

その瞬間、ごきり、と不吉な音が鳴り響いた。

「……な……」

右手に走る激痛に、オウルは瞠目する。

彼の指は、完全に潰されていた。

――『鉄の腕』ラディコの膣圧によって。

7

「だ……大丈夫ですか、オウル⁉」

「大事ない……心配するな」

脂汗を流し、苦悶の表情を滲ませながらもオウルはそう答える。

潰されたのは指先であるのだから、命に関わるような怪我であるはずがない。しかしそれは、サルナークに右腕を切り落とされた時よりもよほどたちの悪い傷であった。

そもそもが圧挫傷……潰された傷というのは、裂傷や刺傷に比べて治すのが難しい。組織が広範囲にわたって損壊しているからだ。

だがそれ以上に、もし入れているのが指ではなく、己自身……ペニスであったら。そう思うと、流石のオウルといえど汗が止まらなかった。それは男としての本能的な恐怖である。

(これのどこが『鉄の腕』だ……!)

サルナークの『鋼の盾』もフローロの『支配者の瞳』も、名前とは全く乖離した性能を持つ詐欺じみたスキルであった。『鉄の腕』も腕だけではなく脚や指先の力が増していることくらいまでは想像していたが、膣を締め付ける力さえもが増幅されているなどと、一体誰が考えようか。その調子で全身の力が強化されているなら、日常生活を送ることすら難しいではないか。

「オウルぅ……」

等とオウルが心の内で文句をつけていると、ラディコが太ももを擦り合わせながら甘えた声で彼の名を呼んだ。

「もっと、気持ちよくしてぇ……切ないのぉ……」

「い、いや。しばし待て……」

骨が粉々にすり潰された指先を治療しつつ、オウル。

「気持ちよく……してくれないのぉ……?」

するとラディコは一段低い声色で、じっとりと彼を睨んだ。

気持ちよくすればするほど好きになる。それは裏を返して言えば、気持ちよくしてくれないのならば嫌っていくということになりはしないか。オウルはその可能性に思い至り、すぐに左手で彼女の胸を撫で擦った。

「無論、してやるとも」

「やあん……おっぱいじゃなくて、さっきみたいにぃ……おまんこ、触ってぇ……」

身体をくねらせ、ラディコが不満げにねだる。女から求められて恐怖を感じたのは、オウルにとって生まれて初めての出来事であった。

オウルは高速で思考を巡らせる。防御魔術を施して愛撫すれば……いや、ラディコの『鉄の腕』はサルナークの『鋼の盾』すら貫通する力を持っているのだ。純粋な防御力ではオウルの魔術は敵わない。

では自分の痛覚を切り、肉体が潰れるのは覚悟して愛撫するか。いや、痛覚を切ってしまえば指先の繊細な感覚は失われる。ラディコを満足させることはできないだろう。

どうする。どうする……

「フローロ」

その時、天啓が降りたかのように閃いて、オウルは己の新しい弟子に声をかけた。

「俺のものを咥えろ」

「いいんですかっ!?」

唐突な要求に、しかし弟子は理由を問うことすらなく瞳を輝かせた。

「ああ。ラディコ、今からお前を気持ちよくしてやる。さっきよりも、もっとだ」

言いながら、オウルは彼女の秘部に触れる。しかしそれは膣内ではなく表面。膣口の上に位置する陰核(いんかく)にであった。

「いやあ……中がいいのお……んぅっ！」

文句を言いかけたラディコだったが、オウルの指先から伝わってくる快楽にびくりと身体を震わせる。それと時を同じくして、フローロがオウルの一物をぱくりと咥えていた。

伝達の魔術。オウルが感じる快楽を、ラディコの身体にも伝えているのだ。その上で、オウルもラディコの身体を愛撫している。いわば二人がかりによる愛撫であったが、単純に二人で行うのとはわけが違った。

なぜなら、オウルの肉体は未発達なラディコの身体よりも遥かに開発されているからだ。ラディコの感度を倍増するよりも、オウルの感じる快楽を伝えた方が手っ取り早く強い快感を与えることができる。

しかしそれには一つ弊害もあった。

――オウル自身も、本気で感じなければならないということである。

「んっ……じゅぷっ……ちゅ、ちゅるる……ちゅぷ、ちゅっ……」

「は……あんっ……あぁっ……くぅん……きもち、いいよお……」

「くっ……う……ぐ、ぅ……っ……ふ、うぅ……ぐぅっ……」

狭い部屋に、三人の男女の吐息が木霊し混じり合う。フローロに口で奉仕させながらラディコの身体を愛撫するのには、奇妙な倒錯感があった。

「くっ……うっ……！」

その状況に興奮しきった肉体は全身が性感帯のようで、性器を舐るフローロの髪の毛がオウルの脚を掠めるだけで気をやりそうなほどの快楽が駆け抜けていく。その上、彼女の柔らかな舌と唇が、これ以上ないほど反り立った肉槍を丁寧に丁寧になぞっていくのだ。

　ぷりんとした肉厚の唇が、ちゅうと亀頭の根本、大きく張ったエラの部分に口づけるかのように押し当てられる。そしてその唇を割って濡れた舌が控えめに姿を見せると、カリ首の段になった部分を愛おしげにぐるりと舐め清めていく。

　それが終わると一旦口を離し、あーんと声に出すかのような仕草で口を開け、ぱくりと亀頭全体を咥え込む。同時に舌の平の部分で裏筋の部分を舐め上げながら、奥までつぷりと飲み込んで、竿をしゃぶるようにして引く。

　それを二度、三度と繰り返したあと、肉槍を片手で立てて、もう片方の手でやわやわと袋に触れながら、おとがいを上に向けるようにして根本から先端までを、下品に伸ばした舌全体を使って舐め上げていった。

「フローロ……胸も、使え……」

「胸……おっぱいですか？　ええと……こう、ですか？」

　堪らずオウルがそう命じると、フローロは少し考えたあと、その豊かな乳房でオウルの剛直を挟み込む。

「これでいいんですね。んっ……」

　途端にぴくりと跳ねて硬度を増す男根に彼女は満足げに淫蕩（いんとう）な笑みを漏らし、当たり前のように胸の肉で竿を扱き立てながら先端をぱくりと咥えてみせた。

そんな淫靡（いんび）極まりない光景を視界の端に捉えながらも、オウルはラディコの肉体を嬲っていた。

膣内に指を入れることこそできないが、陰核を攻めつつもその下のスリットの入り口を撫でるようにして往復させれば、愛液がたぱたぱと音を立てて地面に滴り落ちる。

「んっ、きゅぅんっ……あぁっ……！　きもちーよおっ……」

手のひらにすっぽりと収まってしまう柔らかな乳房を揉みしだくと、小さな蕾が触ってくれと言わんばかりに屹立（きつりつ）し、それを舌で転がしながら唇で甘く食（は）めば、その度にラディコは素直に喘ぎ声を漏らす。

その瑞々しい肌を味わえば、それそのものが快楽となってラディコに伝わり、彼女は更に善がって身体を震わせた。

「んちゅぅっ……ちゅっ、ちゅぅっ……じゅぷっ……」

「くぅんっ！　あっ、ひやぁんっ！　はあぁんっ！」

豊満な肉体を使って奉仕する女と、あどけない肉体を思う様蹂躙させる女。奉仕されながら別の女に奉仕する……それは、オウルでさえ今まで経験したことのないものであった。

痺れるような快感に煮えたぎる快楽が、目の前の少女を蹂躙したいと唸りを上げる。貪るように吸い付くような肌を味わっても、そこにぱっくりと開きよだれを垂らす美味そうな雌穴に突き入れるわけにはいかない。

だが、幾重にも折り重なった快感によってすっかりほぐされたその穴から垣間見えるピンク色の肉はこの上なく淫靡にヒクヒクと蠢いて、まるでオウルを誘っているかのようであった。

「きもち、いいよぉ……ねぇ、中ぁ……中にい、入れてほしいのお……！」

ふるふると腰を振ってねだるラディコの言うことを聞くわけにはいかないし、かといって単純に達するわけにもいかない。オウルは最大限快楽を感じながら、しかしそれに流されることなく冷静にラディコの身体を愛撫し気持ちよくしないといけないのだ。

「ねぇ、オウルぅ……それも、気持ちっ……いいけどぉ……っ！　もっと、気持ちよくっ……なりたいよお……っ」

両手両足を拘束されながら、できる限りにラディコは尻を振ってオウルを誘惑する。

「ああ、してやるとも……っ」

とろとろにこなれた蜜壺に挿入すれば、どれほど気持ちいいことだろうか。そんな思いを抱きつつも、オウルはラディコの両乳首をきゅっと摘み、びっしょりと濡れた秘所を舌でなぞる。

「ひぁんっ！　もっとぉ！　もっと奥っ……ナカに、挿れてほしいよおっ……！」

舌先で触れた空間は、特別閉じているというわけではない。つまりは実際に凄まじい力で膣を締め付けているわけではなく、膣で何かを締め付けるとそこにかかる圧力が倍加するのだろう。

それに気づいたオウルは、一つの方法に思い至った。力を倍加する……ならば、同じことをしてやることができる。

オウルは己の快楽をラディコの身体に移したまま、自分自身の感度を最大限まで引き上げた。

「ぐ、おっ……！」

「ひぁぁあっ！」

神経が焼ききれてしまうのではないか、と思うほどの快楽がオウルを襲う。あまりの気持ちよさに、逆に達することができないということもあることを彼は初めて知った。矢を放つ寸前の弓が弦をキリキリと引き絞るように、その瞬間に向けて間延びした時間の中オウルの中の快感が急速に膨れ上がっていく。

フローロの濡れた舌の感触、唇が男根を締め付けるほのかな圧力、肉茎をぴっちりと包む胸の柔らかさ、すべすべとした肌の触り心地。その一つ一つが恐ろしいほどの克明さでオウルの脳に伝わって、津波のように押し寄せる。

そして溢れかえったそれは、痺れるような強烈（きょうれつ）な快楽となって身体中を駆け抜け、爆発するかのように白濁の迸（ほとばし）りとなってフローロの口内に注ぎ込まれた。

「んっ……！　んくっ……」

それを喉の奥で受け止めながら、フローロは教えられたばかりの術を行使する。オウルの魔術によって倍加させられた快感はそのままラディコの身体に伝えられ、それがそのままフローロの魔術によって更に増幅された。

「ひあっ……！　～～～～っ!!」

プシッ、と音を立ててラディコの脚の間から潮が吹き出し、床を穿つ。『母なる壁』でできたものでなければ深い穴が作られていただろう。オウルの手を掠めていれば指の一本も飛んだかもしれないが、気にすることはなかった。

オウルはフローロの頭を押さえてその喉奥に出せども出せども尽きぬ白濁の液を送り込むことに精一杯で、ラディコは身体中を駆け巡る快楽に声を出すこともできずただただ連続で絶頂し続けていたからだ。

ただ一人、フローロだけが嬉しそうに目を細め、オウルの精液を喉を鳴らして飲み下していた。

8

「『目覚めよ』」

パチン、とオウルが指を鳴らした瞬間、ラディコの瞳に光が戻る。切り落とした衣服は修復したが、念の為に手足は拘束したままだ。

「あれっ？　ボク……」

パチパチと目を瞬かせ、ラディコは周囲を見回す。そして、オウルの顔を目にした瞬間、ポンと音を立てそうなほどに顔を真っ赤に染め上げた。

「わ。わ。わ。何⁉　どうなってるのお⁉」

そして己の頬を押さえようとして初めて拘束された両手足に気づき、ラディコは慌てふためく。

「慌てるな。害を加えるつもりはない」

ぐっと顔を近づけ、オウルは言った。

「もっとも、そちらがこちらに危害を加えなければ、の話だが」

「くっ、加えない加えない！　絶対加えないよお！　だ、だからこれ解いて、顔を近づけないでえ！」

思った以上にあっさりとそう言ってのけるラディコにオウルは拍子抜けした。フローロの動向を把握されている以上、オウルの契約を用いた呪いについても既に知られていると考えるべきだ。

しかしそれにしてはあまりにもあっさりとラディコは危害を加えないなどという約束を結んだ。まさかとは思うが、呪いを無効化するようなスキルが存在するのか。

「あっ。しまった、約束しちゃ駄目なんだった」

などと思っていると、ラディコはあっさりと口を滑らせた。

「い、今の約束しなかったことにしちゃ駄目かなあ？」

「……別に構わんが、その場合お前の身体はそのままだぞ」

「あっ、そっかあ！　えっ、どうしよ、困るな……困るな、どーしよ……」

慌てふためき眉根を寄せて困るラディコに、オウルは額を押さえた。もしこれが演技であるならその演技力は人智の及ぶ範囲ではない。

「まいっか。どうせオウルくんのこと叩いたりしたくないし……約束するよお！」

「オ、オウルくん……!?」

「あれ？　ボク、なんでオウルくんの名前知ってるんだろ」

　催眠状態の時の記憶は無意識下に押し込められ、思い出すことはできない。しかし名前のような表層的な知識はまろびでることがある。オウルが驚いたのはラディコがオウルの名前を覚えているということではなく、あまりにもフランクなその呼び方であった。

「気にするな。では、解放するぞ」

「ん？　うん、お願い……」

　パチリとオウルが指を鳴らすと、ラディコの両手足を拘束していた壁が溶けるように消えてなくなる。

　次の瞬間、ラディコは弾かれたようにオウルに向かって突撃していた。

「オウルくぅん！　これでやっとぎゅうってできるよお！」

「待て！　止まれ！　俺を潰す気か!?」

　オウルを囲む見えざる迷宮（ラビュリントス）が具現化するのも構わず、ラディコはぎゅうぎゅうとオウルを抱きしめようとする。サルナークの剣にも傷一つつかなかった見えざる迷宮（ラビュリントス）がミシミシと悲鳴を上げ、オウルは慌てて叫んだ。

「あっ、ご、ごめんね。ボク、ちょっとだけ力強いんだった……」

　ラディコはそんな弁解をしながら慌てて離れた。ラディコ自身に、危害を加えるという意識がないのだ。故にその致死の抱擁は、先程交わした約束には反していなかった。よもやこれを狙って遣わしたわけではないだろうな、とオウルは勘ぐる。

「さて、ラディコよ。お前に聞きたいことがある。答えてくれると嬉しい」

「うん、何でも聞いて！」

そのやけに好意的な反応に、オウルは戸惑った。確かに気持ちよくすればするほど好きになると暗示をかけたが、そもそもの前提として敵同士なのだ。それはもっと無意識下で働く作用であるはずだった。

何か理由があるのか——あるいは、それほどまでにラディコが単純な性格をしているのか。可能性としては半々といったところか、とオウルは内心独りごちる。

「ラディコ。お前は何のためにここへとやってきたのだ？」

核心を突くオウルの言葉に、ラディコは表情を真剣に引き締める。

「……あのね」

そして、決意を持った眼差しで答えた。

「ボクのこと……オウルくんなら、ラディ、って呼んでもいいよ」

何を決意しているのだお前は。

喉元まで出かけた怒声を、オウルはかろうじて呑み込む。

「わかった。……ラディ、教えてくれるか？」

「うん。ボクが受けた命令は……そっちの子を殺せ、っていうのだよ」

改めて問い直せば、ラディコはあっさりとフローロを指差して答えた。

「なぜだ？」

「わかんない。ブラン様に言われただけだから……あっ」

ぽろりと名を漏らし、ラディコは慌てて己の口を押さえる。

「ブラン……!?」

その名を聞いて、フローロは驚愕に目を見開いていた。

「知っているのか」

「ブランは……かつて私の世話をしてくれていた侍女です。まさか、彼女が……どうして……？」

フローロの動揺ぶりを見るに、相当信頼していた相手であるらしい。

「きっと……何かの間違いだと……」

首を振りながら言いかけて、フローロはオウルの顔を見上げた。フローロには、ブランがそのような指令をしたなどとはとても思えなかった。だが——

人は、必ず裏切る。

そう言っていた彼は、フローロがそう訴えたとしてもそれを信じることはないだろう。そう思ったのだ。

「まあ、その可能性はあるな」

しかし案に相違して、オウルはあっさりとそう言ってのけた。

「え……？　私の言うことを、信じてくれるんですか？」

「信じるも信じぬもあるか」

目を瞬かせるフローロに、オウルは呆れた様子で言った。

「そもそも情報が少なすぎる。こんな状況で判断できるものか。偽情報の可能性も十分ある」

「オ、オウルくん、ボク、嘘言ってないよ！」

オウルの腕に縋りかけ、それをぐっと我慢しながら、ラディコ。

「それはわかっている。だが、お前自身が騙されている場合もあるだろう」

「あ、そっか」

しかしオウルの言葉に彼女はあっさりと納得した。つまりは、彼女自身もブランのことをさほど信用していないということだ。

「そもそもこの状況でフローロを殺す理由がわからん。殺したいならば今までいくらでもその機会はあったはずだろう」

それは確かにその通りだ、とフローロも納得する。オウルと出会う前、フローロがただの奴隷であった頃なら何の苦もなく殺すことができたはずだ。

「そう、ですよね……！　ブランが私のことを殺そうとするはずなんて……」

「まあ否定する材料もないがな。単に目障りになったから殺そうと思い立ったのかもしれん」

ぱっと表情を輝かせるフローロに、オウルはにべもなく言った。

「もー！　どっちなんですか⁉」

「知るか。わからぬからこそ、どちらにも……否。あらゆる可能性に備えるのだ」

もしかしてからかわれているんだろうか、とフローロは思ったが、オウルの表情は真剣そのものだ。

「あらゆる、可能性……」

「言っただろう。――人は、必ず裏切る」

今まで幾度となく言ってきたその言葉を、オウルはもう一度口にした。

「その中で最も警戒しなければならぬのは、自分自身だ。こうあってほしい。こうあるべきだ。……そんな思いは瞳をすぐに曇らせる」

その本当の意味に、フローロは瞠目する。

ブランが自分を裏切ったなどとはとても信じられない。

そう思う反面で、もし本当に裏切っていたら。そう考えてしまう自分もいる。

かつての従者を疑うのかと糾弾する自分と、情に囚われ油断するなと警告する自分が相争う。

「あらゆることに備えよ。その上で、あらゆることを疑い続けろ」

だがオウルは、そのどちらも許すと言っているのだ。そのどちらも必要なことで、しかもそれだけでは足りない。

「それこそが……無事に生き抜くために最も有効な選択だ」

「……はい、オウル！」

師の薫陶に、弟子は元気良く頷く。その瞳には、もはや迷いは残っていない。

……いや。最大限迷おうという覚悟が残っていた。どれほど複雑な迷宮であろうと、その全ての道を辿ることを、迷うとは呼ばないのだ。

「オウルくん、かっこいいっ！」

「ええい、だから抱きつくなっ！」

決意を胸に秘めるフローロをよそに、感極まったラディコの抱擁を、オウルは死ぬ気でかわすのだった。

HOW TO BOOK ON THE DEVIL

DUNGEON INFORMATION

ダンジョン解説

登場人物 characters

ラディコ

種族:牙族
性別:女
年齢:13歳
主人:フォリオ
装備:鉄槌、鉄の鎧
容量:86/500
所持スキル:『鉄の腕』:30、『銀の腕』:50、『槌技LV3』:6

『鉄の腕』の二つ名で知られる戦士。その武勇と『鉄の腕』というスキルから男であると誤解されがちだが、まだ幼い少女である。複雑なことを考えるのは苦手で、多くのスキルを操るよりは牙族としての身体能力を活かし、相手を速攻で叩き潰す戦略を好む。

道具 item

【たも網】

オウルが木材と布から作り出した虫取り用の網。付与魔術で強化してあるため見た目よりも遥かに頑丈であり、モンスターの攻撃にも十分耐える。

【鉄槌】

ラディコが好んで使用している巨大なハンマー。特別な効果は何もなく、ただ重く頑丈であることだけを追求して作られている。その体躯から誤解されがちだが、ラディコは『鉄の腕』のスキルがなくともこの鉄槌を自在に振るうことができる。

【木製の扉】

オウルが、サルナークがあまり使わずに放置していた家具や武具を分解し、再構築して作り上げた扉。魔力を節約するためにかなりの部分を手作業で代替し苦心して作り上げたが、ラディコに一撃で破壊された。

【鉄の鎧】

ラディコが着用している金属鎧。ただし動きやすさを重視し、胸当てと利き手を保護する部分だけを残して他は外されてしまっている。その目的は敵からの攻撃を防ぐものではなく、ラディコが振るう武器や目標物が破壊されたときに、その破片から身を守ることである。

モンスター monsters

蠍蜂

ドロップ:『麻痺針』、毒消し、☆蜂蜜

下層や最下層に出没する、手のひら大のモンスター。自由に空中を飛ぶ羽根と毒針のついた長い尾を持ち、刺されたものはしばらく身体を動かすことができなくなる。ドロップする毒消しは『麻痺針』を無効化するもので、事前に飲んでおけば予防にもなる。

鎚鬼

ドロップ:『叩きつけ』、鉄槌、☆『再生』

上層から中層にかけて出没する、身の丈10フィート(約3メートル)を超える巨大な鬼。特殊な能力は何も持っていないが、その体躯に相応しい剛力と頑強さを併せ持つ強敵。

Step.5　騙し合いに勝利しましょう

1

「大事ないか、サルナーク」

「ああ……おかげさんでな」

頭に包帯を巻き、寝転がりながらサルナークは唸るように答える。

ラディコに催眠術を掛ける前、殴り倒された彼に応急処置をしてはいたが、何せ打撃痕というのはたちが悪い。魔力が乏しい現状では全快させることもできず、残りは自然回復に任せていた。

「しかしお前には物理的な攻撃は効かないのではなかったのか？」

「ああ、それなんだが……あいつは多分『銀の腕』かそれ以上だ」

苦々しい口調で、サルナークは答える。そういえばラディコもそんなことを言っていたとオウルは思い出した。

「銀の腕？」

「『鉄の腕』の上位互換……一段階上のスキルだ。オレの『鋼の盾』は銀以上の名を持つスキルを無効化することはできない」

サルナークの答えに、オウルは呆気にとられた。鉄の上が鋼なのはまだわかるがなぜその上が銀になるんだだとか、それでよく生きていたものだだとか、色々と尋ねたいことが脳をよぎったが、

「お前、その程度のスキルで調子に乗ってたのか」

「うるせえよ畜生！　そもそも盾系のスキルを無効化できるスキルなんてほとんどねえんだよ！　しかも銀ランクとなると上層にだってそうそういるもんか！」

真っ先に浮かんだ疑問を呈すると、サルナークは顔を真っ赤にして怒鳴った。

「ああ、わかってる、油断してたのは事実だ。鉄の腕なら効かねえって慢心してた。まさか、銀の腕なんてスキルを持ってるとはな……」

「お前の盾を、その銀ランクとやらにすることはできぬのか？」

オウルの問いに、サルナークは力なく首を横にふる。

「無理だ。スキルのランクやレベルってのは結晶化した時点で決まっていて、変えることはできねえ。ランクが違うスキルは全く別のスキルだ。だから『鉄の腕』の異名で知られてる奴がそれ以上のスキルを持っているなんざ、思いもしなかった」

「『銀の腕』のスキルを得ても、『鉄の腕』のスキルと効果が足し合わされるわけではないんです。つまり『銀の腕』を手に入れれば『鉄の腕』は丸々無駄になります。ですから、普通は同じ系統のスキルを同じ人物が持つことはありません」

サルナークの言葉をフローロが補足する。

「そもそも単純に虚偽である可能性は考えなかったのか？」

オウルの指摘に、サルナークとフローロは揃って表情を強張らせた。

「……ナギア。あいつか！」

「でも、ナギアが嘘をついたのならオウルにはそれはわかるのでは？」

ギリリと歯噛みするサルナークとは対照的に、フローロは冷静にそう尋ねる。

「ああ。だがナギアもそれをわかっておる。潜り抜ける方法を見つけたのかもしれんし、そもそも奴自身が騙されている可能性もある。いずれにせよ……もともと一つ、疑問に思っていたことがある」

オウルはサルナークとフローロの顔を見回すように視線を巡らせると、一段低い声で言った。

「敵が俺たちの動向を、どうやって把握しているかだ」

サルナークとフローロは、共に表情を引き締める。

「もしフローロの『支配者の瞳』のようなスキルを用いて我々の様子を盗み見ているというなら、それは魔術でわかる。そして、そのようなスキルが使われている様子はない」

実際にフローロが『支配者の瞳』を使い奴隷たちの感覚を共有したところ、オウルは感覚を共有されている奴隷たちを検知することができた。

無論のこと、奴隷たちだけでなく、壁や床、天井、何もない空間に対しても同様の検査を施している。

「では、どうやって……？」

「スキルなど使う必要もない、世界を問わぬシンプルな方法がある」

いつの間にそんなことを、と思いつつも首を傾げるフローロ。

「内通者がいる」

そんな彼女に、オウルは重々しく告げた。

「監視の目は、フローロが俺と会う前からついていたものだろう。コートーは俺の存在をそもそも知らぬ。サルナークがフローロのことを知ったのはつい先日のことだ。それ以外に、お前のことを知っていたものはいるか？」

「……ナギア……」

フローロはぽつりと呟いた。商人である彼女とはオウルと出会う前から、モンスターを狩って手に入れた素材やスキルを度々やり取りしていた。

サルナークの奴隷たちは解放されたあと、そのほとんどが『支配者の瞳』の影響下に置くためにフローロに仕えることになった。しかし僅かではあるが、解放されて奴隷であることをやめた者もいる。

ナギアもその一人であった。本人は『既に自分はオウルの物であるから』と言っていた。フローロもそれに疑問を抱くことはなかったが、それが己の行動を把握されないための言い訳だとしたら。

「……そこにいるのは誰だ！」

不意に、サルナークがオウルの背後に向かって叫ぶ。フローロがすぐに部屋の外を確認したが、そこには誰もいなかった。

「……ふむ」

辺りを見回すフローロをよそに、ひょいとオウルが何かを地面から拾い上げる。

「オウル、それは……？」

それは、紫色に輝く小さな鱗であった。

＊＊＊

「……そう。ラディコまでが敗北しましたか」

「はい。あのオウルという人間……予想以上に危険な男であるようです」

部屋の中には、二人の女。片方は白銀の髪を長く伸ばし、後頭部に向かって角を生やした従者の姿の魔族。もう片方は短く金の髪を刈り、壁族然とした男装に身を包んだ人間。

しかし奇妙なことに、跪き報告しているのは壁族の人間であり、それを立って聞いているのは従者の姿の魔族であった。

「『銀の腕』は渡したのですよね？」

「は。私がしかと。――かくなる上は、私が出る他ないかと」

「お待ちなさい、ユウェロイ。あなたはそう軽々と動いていい立場ではないでしょう」

「しかしブラン様……！」

ユウェロイの口を、ブランは優しく塞いだ。

「私が参ります」

「で、ですが……」

真っ赤に染まったユウェロイの口調には、先程までの硬質さは失われている。

「あなたをこそ、万が一にも失うわけにはいかないのです。……それに」

つい、とユウェロイの顎を撫で、ブランは目を細める。

「私に万が一があると思いますか？」

「……いいえ」

首を振るユウェロイに、ブランはくすりと笑った。

「いい子ね」

ユウェロイの頭をふわりと撫でて、ブランはスカートを翻し部屋の奥へと向かう。

「閨にいらっしゃい。今日は可愛がってあげましょう」

そして背中越しに、そう声を投げかけた。

「ブ、ブラン様！　そのようなことは……」

「あら。お嫌かしら？」

慌てるユウェロイに、ブラン。

「……嫌ではありません」

赤い顔を更に赤く染め、ユウェロイはブランの後を追う。

「ああ、そういえば」

ユウェロイをベッドに引き入れながら、思い出したようにブランは口にした。

「あの尾族……ナギアと言いましたか。彼女はどうしました？」

「間者であるのがバレたようです。用済みになりましたので」

ユウェロイは口調を事務的なものに戻し、答える。

「処分しました」

2

「……はあ」

自ら討って出る。そう宣言するブランに、『招き手』のフォリオは間の抜けた声を上げて、コリコリとこめかみの辺りをかいた。

「まあ、ユウェロイサマがそう仰るんなら、アタシとしちゃ否はありませんけども」

フォリオはユウェロイの奴隷であり、ラディィコの主人である。癖の強いふわふわとした緑色の髪に、ふわふわとした羽根を持つ翼族の女だ。

「どうやって勝つおつもりで？」

フォリオはブランとはほとんど直接の面識がなかった。知っているのは、魔族にもかかわらず己の主人に命令できる立場にいるということと、めっぽう強いらしいということ――

「どうやって、とは？」

あと、考えなしということか。と、首を傾げるブランに、フォリオは心の中の人物評に追記した。

「いえね、ブランサマが大変お強いのはアタシも知ってるんですけど、うちのラディコもアレはアレで結構腕の立つコなんですよ。それが簡単にやられちまったんで、ちょっと次は入念にかからないといけないいんじゃないかなと思いまして」

オウル。正体不明のあの男の欠点は、直接的な戦闘能力の乏しさであるとフォリオは評していた。真っ向勝負であればサルナークにすら勝てないのなら、下手に策を弄するよりもラディコをぶつけた方が手っ取り早い。そう判断し、フォリオは己の奴隷に命じた。単純な強さと速さは、あらゆる策を破壊しうる。

だがそれは、拙速にすぎた。オウルは思ってもみない方法でラディコを無力化し、その上奇妙なスキルで籠絡して情報を引き出したという。フォリオに関する情報も全て知られていると考えるべきだった。

「ふむ……なるほど。少々考えすぎという気もしますが、貴女はユウェロイが最も信頼する比類なき知恵者であると聞いております。貴女がそう仰るのであれば、一考の価値はあるのでしょうね」

「ち、知恵者⁉　イヤイヤイヤイヤ、何いってんですか、アタシは単なる中間管理職ですよ！」

上司が聞く耳を持っていてくれていたことにフォリオはひとまず安堵するが、その分伸し掛かってきた責任にブンブンと激しく手を振った。というかユウェロイが最も信頼するとは、一体何の冗談なのか。

「と、ともかく！　あのオウルという男は、何ていうかこう、色々ヤバいです。今わかってるだけでも、『母なる壁』を動かすスキル、『鑑定』を防ぐスキル、人の心を操るスキル、見えない壁を張って攻撃を防ぐスキル、モンスターを自在に使役するスキルなどを持ってます」

指折り数えながらフォリオは思う。

これ、無理なんじゃない？　素直に逃げた方がいいんじゃない？　と。

「見えない壁を張る……ですか？　そんな報告は受けていませんが」

「ああ、はい。んーと……報告にあったのは壁を生み出して防御するスキルですよね。でもそう考えると何というかいまいち実際に起こってる現象と合わなくて……」

しかしそうするわけにもいかない。いつもの通りだ。フォリオは深々と溜息を吐きながら、頭を巡らせた。

「ブランサマ、壁が張られるより早く攻撃すればいいって思ってませんでした？」

「いえ」

軽く首を傾げ、ブランは簡潔に答える。

「壁ごと破壊してしまえばいいと思っていました」

「のっ……」

「の？」

脳筋。喉元まででかかった言葉を、フォリオはかろうじて飲み込んだ。

「あ……の、壁は、『母なる壁』と同じとは言わないまでも、かなり近い性質を持ってそうなんですよね。しかもそれが、常時展開されている。多分インパクトの瞬間に壁が浮き出るのはそれを隠すためのブラフでしょう」

つまりは見た目を誤魔化すようなスキルも持っている、と。フォリオは心のノートに追記して、更に逃げたくなった。

「あら。ということは、壊しやすいということですね」

「……なるほど。そういう考え方もありますね」

脳筋ではあるが、馬鹿ではない。ようやく明るい要素を一つ見つけて、フォリオはほっと息を吐いた。

「とにかくできる限りの対策を考えてみます。ところで、ブランサマ」

パサリと背中の羽根を広げ、フォリオは問う。

「あのお噂ってホントなんですかね」

「……と申されますと？」

本来であれば他人の持つスキルを詮索することは極めて失礼なことだ。だがそれは、どうしても聞いておく必要がある質問だった。

「ブランサマが、『スキルを成長させるスキル』をお持ちという噂です」

――たとえ、この場で処分される可能性があるとしても。

＊＊＊

「それでね、フォリオ様はね、すっごく頭が良くてね」

「その下りはもう十回は聞いた」

とめどなく流れ行く益体（やくたい）もないラディコの話を、オウルはひたすらに聞いていた。フォリオが講じたあらゆる妨害を取り除（のぞ）き、ラディコの口を割って出てきたのは、極めて主観的かつ曖昧で、それでいて膨大な量の情報であった。

この数時間でオウルはフォリオの好きな食べ物から好む服装、口癖に細かな癖まで正確に把握できるようになっていたが、彼女が持つスキルや能力に関してはさっぱりであった。

唯一出てくるのが、「フォリオ様はすごく頭がいい」である。ラディコにとっては主人というより保護者に近い存在であるらしい。それ故、フォリオがどれほどの能力を持っているのか、具体的なところが全く見えてこない。

「それでね、ボクがハンマーを失くしちゃって困ってるときは、フォリオ様に聞いたらすぐに見つけてくれるの！」

ラディコが語るのは例えばこういった情報である。なんであんな巨大なものを失くすことができるんだ、とオウルは思う。もしここまでを見越してラディコをよこしたのであれば、確かにフォリオは有能なのだろう。

全く何の役にも立たない情報をわざわざ秘匿することで、オウルに数時間とはいえ無駄な時間を使わせたのだから。

ブランとユウェロイの情報に至っては、名前以上のものはほとんど出てこなかった。せいぜいが「すごく綺麗な人」「かっこいい人」くらいのものだろうか。ないよりはマシとすら言えない程度の情報量だ。

「できればブランを直接強襲したいところだったが、仕方あるまい。ナギアの監視が解かれたこの機を逃すわけにはいかぬ。まずはフォリオを攻めるぞ」

「……それなんですけど、オウル」

これ以上ラディコからは情報を引き出せないと諦め、方針を打ち出すオウル。そこに、フローロが口を挟んだ。

「本当にナギアが、私たちの情報を流したんでしょうか……？」

ずだ。

「それ以外にあるか？」

サルナークが苛立たしげに吐き捨てる。実際ナギアは姿をくらまし、フローロの張った監視網を抜けて下層に逃げていく姿も見られている。情報を流していたのでなければ逃げる必要などないはずだ。

相手の対応から消去法で考えても、ナギア以外にいそうもないというのも理解している。しかし理解してなお、フローロの心には何か違和感が残っていた。

「フローロ。俺は教えたはずだぞ」

「……はい」

こうあってほしいだとかこうあるべきだという思いは、瞳を曇らせる。オウルの言葉を思い出し、フローロは頷く。

だがそれでも……いや。むしろその言葉を思い出せば思い出すほど、フローロの胸には形容しがたい感情が広がっていった。何か、重大なことを見落としているような気がしてならない。

「ラディコ。俺はフォリオに挨拶したい。お前と引き合わせてくれた礼をせねばな。案内してくれるか？」

「うん！　いいよお」

だがそれが何であるのか考えている暇はなかった。ただでさえ手にしている情報量に差がある以上、こちらから攻め込まなければどんどん不利になっていくばかりだというオウルの言う理屈もわかる。

フローロは胸のうちに不安を抱えながらも、頭上を見上げた。

その分厚い天井のその向こう。

壁界下層。奴隷ではない者たちが住む場所を。

3

最下層とフローロたちが呼ぶ空間に、階段はない。平べったく横に広がる文字通りの最下層であり、最下階。それが彼らの住む世界の全てだった。

裏を返せば、上へと続く階段はもはや最下層ではない。

「止まれ」

最下層の人間が足を踏み入れることは許されない、下層の領域であった。

「これより先はお前たちの足を踏み入れていい場所では……」

「あれ？　ボクも駄目？」

槍を構え居丈高に命じる衛兵に対し、オウルの背中からひょこりと顔を出して、ラディコ。

「ラ、ラディコ様！　その……こいつらは」

「うん。フォリオ様に頼まれて、連れて行くんだよお」

「失礼いたしましたっ！」

ニコニコしながらラディコが答えると、衛兵たちはすぐさま槍を引いて道を開けた。

「下層の人間の間にも階級があるのか」

「そりゃそうだ」

直立不動でオウルたちを見送る衛兵を見やりながら、サルナーク。

「あいつらは下層の中でも下の下。中層の有力壁族に連なるラディコとは本来直接会話するのも咎められるような連中だ」

職務上の誰何（すいか）であること、それ以上にラディコ自身がそういったことを気にしない性格であるために見過ごされているが、相手によっては先程のやり取りも無礼として首を討たれても文句は言えない。その程度の立場の人間だ。

そして、そんな者たちですら、最下層の支配者であるサルナークよりも上である。最下層に住むものはそのことごとくが奴隷であり、この壁界に住む者たちの中の最底辺であるのだ。

「……まさかこんな方法で最下層を出ることになるとはな……」

忌々しげに呟きながら、サルナークは階段を踏みしめる。

「こっちだよお、オウルくん！」

その内心に渦巻く思いに全く気づくことなく、ラディコは軽やかに下層の廊下をかけていく。

「……違うな」

「どうしましたか、オウル？」

その後を追いながらぽつりと呟くオウルに、フローロは首を傾げた。

「床石の年齢が、まるで違う」

「床石の……年齢？」

そして返ってきた全く意味のわからない言葉に、彼女はオウルの視線を追って床を見つめた。

「同じに見えますが……」

「いや、違う。百年か二百年か。その程度はこの床の方が新しい」

そう言われてもフローロには最下層で見飽きるほどに見てきた床と何が違うのか全くわからない。

だがオウルは確信を持っているようであった。

「つまりは、最下層の方が先に作られたということだ」

そもそも床や天井は『母なる壁』と同じ素材でできている。つまりはけして朽ちず壊れず傷つかない。経年による劣化もないはずであって、オウルの言う通り百年の差があったとしても見た目に違いが出る道理はないはずだ。

「そうなんですね」

だがフローロは特に興味がなかったため、オウルの言うことを否定も肯定もせずに相槌を打った。

「この世のあらゆるものは固有の魔力波動を持っており、極微量ではあるが周囲にそれを放っている。しかしこれは魔力の流れから切り離されると徐々に減じていく。生命であれば死んだとき、岩であれば大地から切り出されたときだ。と言っても魔力そのものを消費しているわけではないので波動の減少はごくごく僅かなもの。およそ五千と五百年で半減するという極めて微かなものだ。だがこの階層に比べ最下層の波動は明らかに目減りしている。それだけならもともとの石の性質が異なるだけかもしれないが——」

「なるほどですねー」

こういう時のオウルの言葉は極力聞き流すべきであるということを、フローロは段々と理解してきていた。

「……あれえ？」

不意に、前を歩くラディコの足が止まった。一体どうしたのかと見やれば、通路は積み重なったベッドだの机だのの残骸で塞がれてしまっていた。

「誰がこんなふうにしたんだろお。どけるねえ」

「待て、ラディ」

自慢の鉄腕をぶんぶんと回すラディコを、オウルは慌てて止める。

「お前の力で吹き飛ばしては大きな音が鳴って迷惑だろう。かといって一つ一つどかしていたのでは時間がかかる。別の道はないのか？」

「うん、じゃあ、こっち」

素直に腕を引っ込めるラディコに、フローロはほっと胸を撫で下ろした。折角ここまで敵に察知されずに侵入できているのだ。これほどの瓦礫を一気に破壊したら台無しになってしまうところだった。

「……あれ？　でもオウルなら壁の方を動かして通れたのでは？」

「いちいちそんなことに貴重な魔力を使っていられるか。言っただろう、あれは見た目よりだいぶ高度な操作を必要とするのだ」

オウルの答えに、フローロはそういうものかと納得する。とはいえ正直彼の言う「魔力の量」というのは、フローロにとっていまいちピンとこない概念ではあった。

それがなければ魔術を使えないというのだが、魔術を覚えたてのフローロは魔力がなくなるという感覚がない。それどころか、自分にどの程度の魔力があるのか、どれだけ使えばなくなるのかすらわからないのだ。

「あっ！」

再び、突然前を行くラディコが足を止める。しかし先程とは打って変わって、明るい声色であった。

「フォリオ様！」

その行く先に、緑の髪の翼族の姿があったからだ。

「待て」

「きゅっ。どうしたのお、オウルくん？」

反射的に駆け寄ろうとするラディコの首根っこを、オウルが押さえる。

「悪いんだけどさ」

パサリと翼を軽く開き、フォリオが言う。

「その子、返してもらえないかな」

奇妙なことだ、とオウルは思った。このダンジョンの天井はそこまで高くない。せいぜいが十フィート（約三メートル）ほどだ。あのように翼を持った種族が活動するにはいささか狭すぎる。空を飛んでも手が届いてしまう高さでは、空を飛ぶ優位性がほとんどない。

「それはできん……と言ったら？」

オウルはラディコをぎゅっと後ろから抱きしめるようにして、問う。

「まあそん時は、仕方ないよね」

フォリオの手のひらに炎が浮かび上がった。

「アタシとしちゃ、上から言われた仕事をこなすだけだよ」

それは瞬く間に巨大な火炎となって、オウルに向かって投げ放たれる。オウルが抱えたラディコもろとも、燃やし尽くすつもりだ。

「チッ！」

オウルは空いた右腕でダンジョンキューブを取り出すと、見えざる迷宮（ラビュリントス）を操作し盾のように壁を作り上げる。壁に接触した炎は轟音（ごうおん）を立てて爆発し、辺りに火花を撒き散らした。

正確に理解してきている。

オウルはダンジョンキューブならば炎や毒も防げるとサルナークに豪語したが、それは半分、本当ではない。確かに防ぐことはできるものの、高温の炎というのはダンジョンキューブの弱点の一つであった。

火炎そのものは防げても、それが放つ熱までは防げないからだ。どんなに堅牢な壁で周囲を囲んだところで、膨大な熱の前ではそれはオウルを焼き上げるカマドでしかない。

ラディコに使った蠍蜂も、これほど広く高熱を放つ炎の前では無意味だ。放った途端、全て焼き殺されるだろう。

「随分と遠い位置で防いだね」

次の炎を手のひらに浮かべつつ、フォリオは笑う。

「やっぱりその壁、手動操作もできるんだ」

「フォリオ様！　やめてよお！」

ラディコが短い両腕を精一杯に広げ、オウルをかばう。その姿を、フォリオは無関心な冷たい目で見やった。

「すっかり誑し込まれちゃってまあ。悪いけどね、そんな部下はアタシにはいらないんだ」

そして両手に作り上げた炎を、矢継ぎ早に投げ放つ。

「ぬ、うっ……！」

その熱量は最大限遠く離した壁を隔ててさえ伝わってきて、それが更に加速していく。

「ラディコ」

オウルは僅かに身を屈め、ラディコの側頭部についた犬のような耳にぽそりと呟く。

「……え？」

思わず彼女はオウルを振り返り、見上げる。

その背中を、オウルは思い切り蹴り飛ばした。

「なっ……！」

それと同時に見えざる迷宮(ラビュリントス)で作り上げた壁を開き、ラディコが通り抜けたところで再び閉じる。

必然、ラディコは無防備な姿で無数の炎に晒された。

そして次の瞬間。

「……言った通りだったろう？」

「うんっ」

ラディコに当たる寸前で、全ての炎はかき消えていた。

「オウルくんがフォリオ様を信じろって言った通り、ちゃんと消してくれたね、フォリオ様！」

すなわち、ラディコを巻き込んで攻撃しようとしていたのは全てブラフ。人質が効かないとオウルに主張するための攻撃だ。

「……にゃろう」

フォリオはぎりりと奥歯を噛み締める。実際には、炎を消すのはいくらか間に合わなかった。より正確に言うのであれば、炎はラディコに当たる前、フォリオが消すよりも更に前に、見えない壁にあたって破裂したものがあった。

見えざる迷宮（ラビュリントス）で作った盾の更にその先に、ラディコを包む小部屋のような見えない壁があったのだ。つまりはオウルにも、ラディコを犠牲にするつもりなど更々なかったということだ。

「やってくれるじゃないか」

ここでラディコを盾にし、見殺しにするような相手であれば、ずっとやりやすかった。フォリオは再び心の中でオウルの人物評を書き換える。

思ったよりも数段厄介な相手だ、と。

4

この戦いの鍵となるのはラディコだ。

それはフォリオとオウルの共通認識だろう、とフォリオは考えた。

オウルがラディコの心に干渉したスキルの詳細は不明だが、少なくとも完全にラディコが敵に回るような性質のものではないようだ。現在もラディコはフォリオに対する忠誠心をしっかりと持ち続けている。

故にオウルが積極的にフォリオを攻撃しようとすれば邪魔するだろうし、ラディコを盾にするような真似を行えばフォリオ側につく可能性もある。

ラディコの『銀の腕』は厄介なスキルだ。あらゆる防御を貫いて一撃で決める可能性すらある。傍らに従えているからこそ、それは致命の爆弾になりうる。

「ラディコ。下がっていろ」

だからこそ、オウルはラディコを戦線から遠ざける。それはフォリオの読み通りの行動であった。

「でも……」

「安心しろ。お前の主人を殺すつもりはない」

まるで父親のような笑みを浮かべ、ラディコの頭を撫でるオウル。

「無力化し、少し説得すればお前と同じように仲良くなれる」

「うんっ！」

満面の笑みを浮かべて後ろに下がるラディコ。一体何をされることやら、とフォリオは内心苦笑いを浮かべた。オウルがラディコをどのようにして味方につけたのか、その詳細をフォリオは知らされていない。少なくとも戦闘中に使えるような手段ではないとのことだが、それ以上は教えてもらえなかったのだ。

「オウル、壁を開けろ！」

そう叫びながら、サルナークが飛び出してきた。彼の『鋼の盾』であれば、フォリオの『大炎』

も防げると判断してのことだろう。それは正しい。

サルナークが抜けるなら、壁に穴が開く。フォリオはその隙を狙って炎を放ったが、当たり前のようにサルナークの背後に展開されていたもう一枚の壁に阻まれた。思った以上に複雑な形に展開できるようだ。見えない壁を出せるというだけでも厄介だというのに、なんて卑怯なスキルなんだとフォリオは歯噛みする。

それに比べて――と、フォリオはサルナークに視線を移し、彼に炎を数発放った。

「しゃらくせえっ！」

『鋼の盾』は強力なスキルだ。下位互換の『鉄の盾』に比べて炎の熱さえも防ぐ。

「『道具袋』」

「ぬおっ⁉」

だが全く厄介ではない。サルナークはフォリオが展開したスキルによって、突如発生した穴の中に落ちた。

壁や床に穴を開けるスキルは存在しない。少なくともオウルが持っているというそのスキルの他には、フォリオは聞いたことも見たこともなかった。

けれど、空間に穴を開けるスキルならありふれている。『道具袋』もその一つだ。人が一人すっぽり入ってしまう程度の空間を任意の場所に作り出す。本来であれば荷物を運ぶためのスキルだが、中身はバリケードに使って今はサルナークに入ってもらった。

生き物を入れると閉じられないという欠点はあるものの、『鋼の盾』を一時的に無力化するには十分だ。

『盾』に属するスキルは強い。だがしかしだからこそ、それへの対処も様々に研究されている。傷つけられずとも封殺する方法はいくらでもあった。そんなものを無敵と過信し上層を目指していたというのだから、可愛らしいものだ。

……と考えていたところで、フォリオの視界は激しく揺れた。

＊＊＊

「……よし」

棍によって殴り飛ばされ地面を転がるフォリオの姿を見て、オウルは小さく呟いた。

「ぐ、う……なん、で……」

上手く脳震盪を起こすことに成功したのだろう。フォリオは立つのも覚束ない様子でフローロを見上げる。彼女を殴り飛ばしたのは、フローロだ。長身のサルナークの姿と、彼に放った炎がいい目隠しになってくれた。

フォリオの放つ炎は凄まじい温度を持っていた。壁で防いでも十発も喰らえば蒸し焼きになってしまうし、直接喰らえば二、三発で人体など炭と化す。その余波だけでも重篤な火傷は免れないだろう。

つまり、たかがその程度の温度だ。

火山の女神サクヤが操るマグマや、太陽の神の力を借りたラーメスの神火とは比べ物にならないほど弱い。並より少し上の魔術師が用いる程度の温度に過ぎない。故に、オウルの使う通常の耐火魔術で十分に凌ぐことができた。

追撃を加えようとフローロが棍を振り上げた瞬間、フォリオは水の塊を放った。ダメージで朦朧としているせいか、とても殺傷能力はありそうにない速度の気の抜けた水の塊。それは避けるまでもなく、あらぬ方向に飛んでいった。

「……違う、フローロ！　後ろだ！」

オウルの警告にハッと気づき、フローロは後ろを振り返る。

「サルナーク！」

水の塊はサルナークが落ちた『道具袋』の中を埋めていた。ごぼり、と泡が水面に立ち上る。

『鋼の盾』は本人にかかる力のほとんどを無効化する。水の浮力さえもだ。つまり穴の中で水で埋められると、浮き上がることができずにそのまま窒息死する他ない。

「捕まってください！」

「よせ、フローロ！」

オウルの制止を無視して、フローロは棍を『道具袋』の中に差し入れる。だが、それに捕まったサルナークを引き上げようとして、愕然とした。

――『鋼の盾』は本人にかかる力のほとんどを無効化する。だから、引き上げることさえできないのだ。サルナークが自分の力だけでよじ登らなければならない。水中で浮力の助けも得られず、しかし濡れた服の重みだけはしっかりとかかる。

爪をかける場所さえないツルツルとした棍を、フローロの支えだけでよじ登るのは困難なことであった。そしてそんな隙を、フォリオが見逃すはずもない。

「避けろ、フローロっ！」

フォリオの放った炎がフローロに直撃し、炸裂する。熱そのものは魔術で防ぐことができても、爆発の衝撃までは無理だった。

「さて……」

痛む頬を押さえつつ、フォリオはゆっくりと立ち上がる。

「次はどう来る？」

「こうだ」

オウルが言うやいなや、フォリオの足元の床が、彼女を囲むようにせり上がった。戦闘が始まってからオウルがほとんど動かなかったのは、この部屋を掌握する時間を稼ぐためだ。

フォリオが待ち受けていた部屋が広かったために少々時間がかかったが、既にこの部屋の床も壁も天井も、全てオウルのものだった。

「そう来ると……」

フォリオの両手に、小さな炎が宿る。

「思ってたよ」

そしてその背中の翼を大きく広げると、次の瞬間、彼女は天井近くまで移動していた。

「むっ……！」

この狭いダンジョンの中で翼など何の役に立つのか。そのオウルの疑問は、見事に解消された。

フォリオはその両手から小さく爆炎を放つ。その爆風をいっぱいに受け、加速するための翼だ。

迫りくる壁を蹴り、天井を掠め、床ギリギリまで降下して、そこから急上昇。羽ばたく鳥のように滑らかな飛行ではない。稲妻のように空間を縦横無尽に切り裂く、鋭い加速であった。

オウルの迷宮魔術はダンジョンの壁を操る性質上、どうしたって空中に留まるものを捕らえるのは難しい。それが凄まじい速さで動くのならばなおさらだ。

オウルは手を床から離すと、真っ直ぐに走り始めた。その先にあるのは、サルナークが入っている『道具袋』だ。オウルは『道具袋』の中の壁も操ることができるのだろうか……

フォリオは一瞬そう考えかけて、すぐに思い直した。どちらにせよオウルには自在に操れる見えない壁があるのだ。あれを階段にすることくらいはわけのないことだろう。サルナークを解放されては面倒なことになる。

もともとそれを狙っていたのだろう。オウルが進む道とフォリオがいる場所は、床から突き出した壁に隔てられていた。だがそれは地上から二メートルほどの高さの話だ。

フォリオは高く舞い上がると、壁を超えてオウルの前に立ちはだかった。

「危ない危ない。そうはいかないよ！」

フォリオの両手に巨大な炎が生まれ、オウルに向かって放たれる。見えざる迷宮(ラビュリントス)の壁がそれを阻むが、漏れ伝わる熱気にオウルは足を止めた。

フォリオは構わず炎で畳み掛ける。炎を完全に防ぐスキルがあるのなら、見えない壁で防御する必要などない。であれば、炎は依然として有効なのだ。

「お前のその炎……」

鳴り響く爆発音の中、オウルの声がいやにはっきりと響く。あるいはこれも何かのスキルなのか。そんなわけのわからないスキルがありうるのか？　と、警戒すべきかどうかフォリオは悩む。

「攻撃のための強力な炎と、移動のための低威力の炎。同時に出すことはできないな？」

そうではなかった。もっと警戒すべきことが他にあった。フォリオは即座に『大炎』の発動をやめ、『小炎』を使って飛び退(の)こうとする。だが既に、背後は壁によって塞がれていた。

「悪いが俺は、見えない壁の操作と床の操作を同時にすることができる」

「……はいはい、わざわざ床に手をついてみせてたのはブラフってことね」

床から手を離した今であれば床や壁の操作はできない。そう思って攻めを急いだフォリオの負けだ。

「今お前がいる部屋はかなり小さい。下手に炎を使うなよ。自滅するぞ」

「おお、ほんとだ。小さい」

勝敗は決した。フォリオは肩の力を抜いて、目に見えない壁をぺたぺたと無遠慮に触った。広さはせいぜい二メートル四方といったところだろうか。確かにこの中で『大炎』を使おうものならフォリオ自身がこんがりと焼けてしまうだろう。

だが、これだけあれば十分だ。

「余計な抵抗をしないでもらえるとありがたいのだが」

「はいはい、しませんよー」

降参するように、フォリオは両手をあげる。

「アタシは」

彼女がそう言った途端、その懐から凄まじい速度で何かが飛び出した。それはバチバチと雷光を身にまといながら、オウルの張った目に見えない壁を殴りつける。聞いているだけで恐ろしいほどの破砕音が鳴り響き、砕けた石の塊が空中から無数に現れた。

「あら」

フォリオの懐に隠し持っていた『道具袋』から飛び出し、それを殴りつけたブランは、パチパチと瞬きする。

「一撃で壊れないなんて、意外と丈夫ですね」

そして当然のように二撃目を加え、オウルのダンジョンキューブを今度こそ粉々に破壊した。

5

「……随分物々しいな」

じゃらりと音を響かせる鎖を見つめ、オウルはそう呟く。

「何をやらかすのか全然わかんないからね、アンタ」

鎖によって壁にくくりつけられたオウルを見つめ、フォリオは言った。

「そう警戒せずとも、できることなどない。お前との戦いで魔力はほとんど使い切ってしまったからな」

ごろりと硬い床に転がって、オウル。情けないことだ、と彼は内心で呟いた。自らのダンジョンの中でなくとも、本来の彼であればあの程度の魔術行使で魔力を切らしたりはしない。

しかしこの極端に魔力の乏しいダンジョンの中においては、常に爪に火を灯すような気持ちで魔術を使わなければならなかった。

「フローロは無事なのか?」

「さあ。ブランサマが連れてっちゃったんで、アタシは知らないよ」

「……そうか」

魔力を失いダンジョンキューブも破壊され、その上フローロがいなくなれば、オウルはもはや生きていくこともままならない。手に入る食料の中にはほとんど魔力が含まれていないのだから、いくら食べても意味がない。フローロに魔力を分けてもらえなければ、飢えて死んでいくのみだ。

「フォリオ様……」

オウルがそうして横になっていると、ラディコが姿を現した。

「お前は無事だったか」

「あったりまえでしょ、アタシの部下なんだから」

オウルによって洗脳処理を受けたのだから、なんらかの処分が下される可能性もあると考えていた。

「フォリオ様、オウルくん、どうなっちゃうのかな……」

「まあ、スキルを抜き出すだけ抜き出して、処刑じゃないかな」

「処刑……」

へにょん、とラディコの耳が下を向く。よくもまあ懐いたものだ、とオウルは他人事のように思った。

「やめにならない？」

「それを決めるのはアタシじゃないからなぁ……」

フォリオもラディコには甘いらしく、彼女は困ったように癖っ毛をかいた。

「アンタ、何が目的なの？」

「目的。目的か……」

フォリオに問われ、オウルは遠くを見やる。フローロの手伝いをしてはいるが、それはオウル自身の目的ではない。

「元いた場所に帰ること、だな」

まだ数日しか経っていないというのに、何よりも懐かしい我が家。愛しい妻と子、仲間たちのいる己の場所。その光景を思い出しながら、オウルは言った。

「……アンタ、別の世界から来たんだっけ」

「ああ」

フォリオの瞳に同情の色が浮かぶ。遠い異郷で自分とは関係のない種族間の争いに巻き込まれ、故郷を懐かしく思う気持ちはフォリオにも理解できた。

「まあ、できれば殺されないように進言してあげてもいいけど……」

アタシの言うことがどこまで聞いてもらえるかわからないけどさ。とフォリオ。

「その必要はない」

だがオウルはその申し出に、首を横に振った。

「……そ。まあ、言っといてなんだけど大した役に立てるとは思えないしね」

「そうではない」

肩をすくめてみせるフォリオに、オウルは再度首を振る。

「少々気が咎めるのでな」

「何が？」

首を傾げるフォリオの背後で、ナギアが短剣を振りかぶった。

「ご無事ですか、オウル様？」

「ああ。まあ、何とかな」

するりと床を這う蛇の尾は、微かな音も立てず振動もさせない。ナギアがすぐ背後まで迫っていることに、フォリオは全く気づいていなかった。

「フォリオ様……⁉」

「案ずるな。麻痺しているだけだ」

床に転がるフォリオにあわてて駆け寄るラディコに、オウル。

蠍蜂から抜き取ったスキル『麻痺針』をナギアには持たせてある。勿論、このような事態を想定してのことだ。

「な……なん……で……」

かろうじて動く舌先を動かして、フォリオは絞り出すように声を上げた。ナギアは死んだはずだ。どちらにつくか信用ならない尾族の女。もはや利用価値もなく、知らなくてもいいことを知りすぎたために処分したとユウェロイからは聞いていた。

「ふふふ。それは勿論敬愛する我が主人、オウル様のおかげですわ」

オウルにぴっとりと肌を寄せ、ナギアは妖艶に微笑んでみせた。

「……まさかオウル様が本当にわたくしを信用してくださるとは思いもしませんでしたけれど」

裏切りの蛇。売女(ばいた)。二枚舌の嘘つき。ナギアはそう言われ続けてきたし、自分でもそう思っていた。実際、オウルたちの情報をサルナークに流し、その情報を更にユウェロイにも流していた。

「信じていたとも」

故にオウルは、彼女を信じた。

「お前は必ずユウェロイたちをも裏切ってくれるとな」

そうする者が、この世のどこにもいなかったからだ。

オウルは、そもそも何も信じてはいない。故にその疑念は疑いではなくただの確信であった。ナギアがオウルを裏切るというのなら、それを前提に入れて行動すればいい。

具体的に何をしたかと言えば、オウルはその魔力の大部分を割いて密かにナギアを監視した。そして彼女の行動原理を……望んでいるものと望んでいないものとを見出したのだ。

ナギアはユウェロイやサルナークのみならず、ありとあらゆる勢力と内通し、同時に全てを裏切っていた。利によって動いていたわけではない。己の利益を望むなら、そこには一定の誠実さが必要になる。オウルのダンジョンの商人、ノームがそうであったように。

ならばなぜナギアは全てを裏切り続けるのか。

それは、全てがどうでもいいからだ。真実も正義も誠意も愛も、何もかもがどうでもいい。重んじる理由がなく、守る必要がなかった。誰もが彼女を信じなかったから、彼女も何をも信じなかった。

だからオウルは、彼女の唯一になった。誰もが――ナギア自身さえもが信じない彼女のことをまず信じ、己の魔術の一部を預けた。姿を偽装し、隠す幻術の一種。それを使えば死を偽装することもできるし、音を立てずどこにでも忍び込む究極の暗殺者にもなれる。

つまり、オウルをいつでも殺すことができるということだ。

ナギアはその信頼を違わず受け取った。そして、また騙したのだ。オウル以外の全員を。

「ラディコ。この鎖を解いてくれるか」

「うん……でも、フォリオ様に酷いこと、しないよね？」

「勿論だとも」

オウルがにこやかに頷くと、ラディコは「えい」と鎖を引っ張る。すると太い鎖はまるで紙でできているかのように簡単に千切れた。

「お前にしたのと同じように、少しばかり仲良くなるだけだ」

手首を回しながらそう告げるオウルに、フォリオは声にならない悲鳴を上げた。

Step.6 獣娘たちを躾けましょう

1

「と、その前に……少しばかり魔力が足らん。ナギア、悪いが」

「ええ。いくらでもお吸いになってください、オウル様」

胸の前で手を組み、目をつぶって顔をあげるナギア。オウルはその顎に手を当てて、遠慮なく唇を吸った。微かに震える唇の中から、透明なひんやりとした魔力が伝わってくる。質はさほど高くないが、その分自分の魔力に変換するのはあまり苦労しなさそうだ。

「なにそれ！　ボクも、ボクもやってぇ！」

するとラディコがぴょんぴょんと飛び跳ねてそう主張しだした。ラディコに対しては情報を引き出すため、最低限の接触にしたのだが……と、オウルはちらりとフォリオを一瞥する。

するとフォリオは射殺しそうな表情でこちらを睨んでいた。毒を食らわば皿までか、と覚悟を決めて、オウルはラディコを抱き寄せた。

小さな唇に己の口を当てると、思った以上に濃厚な魔力が口内に溢れ出した。たっぷりと具材を煮溶かした芳醇なスープのような魔力だ。見たところラディコは肉体派だから魔力にはさほど期待できないだろうと思っていたオウルは、思った以上に濃厚なその味に驚いた。

「ん……ちゅぷ……」

思わずもっと求めるように舌先を差し入れると、ラディコは一瞬驚いたように身体をびくりと震わせたが、すぐに従順に幼い舌を伸ばし返した。短い舌がぎこちない動きでオウルの口内に入ってきて、右往左往するようにパタパタと動く。

「ん……っ……ふ、ぅ……」

オウルがそれを落ち着かせるように軽く唇で食みながら、愛撫するように舌先で撫で擦る。するとラディコは鼻から小さく吐息を漏らしながら、それを一生懸命真似るように舌を動かした。

「ふぁ……あ」

唇を離すと、彼女はぼんやりとした表情で舌をなおも伸ばしながら息をつく。

「これ、すごいね、オウルくん……」

「ズルいですわ！」

ぽおっとした口調で呟くように言うラディコに、ナギアが不満の声を上げた。

「オウル様、わたくしも断固同じ物を要求いたします！」

「わかったわかった」

オウルはぐいとナギアの腕をとって強引に引き寄せると、その頭を抱えるようにして口づける。

「あっ……そんな、乱暴な……」

口では文句を言いながらも、ナギアはそれを素直に受け入れた。にゅるりと侵入してくるオウルの舌を、ナギアはおっかなびっくりといった感じで迎え入れる。そろり、そろりと舌を伸ばすと、オウルの舌先が半ば強制的にナギアの舌を搦め捕った。

尾人の舌は蛇と同じ様に、先が割れた長いものだ。自分で要求しておきながら嫌がられたらどうしよう、などと思っていたナギアであったが、オウルは全く頓着することなく、むしろ積極的に舌を絡めてきた。

「んっ……！　ぅん……っ」

ナギアはそっとオウルの背中に腕を回す。だがどうしても抱きしめることができず、その指先は虚空を彷徨った。するとオウルの手のひらが優しい手付きでナギアの髪を撫で、そのまま背中まで降りてぽんと彼女の背を叩く。

その衝撃に押されるようにして、ナギアはぎゅっとオウルに抱きついた。

「んっ……！　は、ん……ん……ちゅぅ……」

「む……ナギ……ウ、ム……ナギア！」

ぐいぐいと身体を押し付け、その蛇の下半身ごと伸し掛かるように迫ってくるナギアに、オウルは流石に叫んで制止した。

「あ……す、すみません！　その、すごく……気持ちよくて……」

夢中になってオウルの舌を吸っていたナギアはようやく我に返り、慌ててオウルから飛び退いた。

「俺は逃げたりせん。そうがっつくな」

「は……はい……」

苦笑するオウルに、ナギアは耳まで真っ赤に染めた。

「さて……」

とりあえず最低限の魔力は腹に収めた。後はフォリオを籠絡せねば、と視線を向けようとするオウルの服の裾を、ナギアがくいと引く。

「何だ？」

「……」

彼女は何やら物言いたげな表情で、オウルをじっと見つめた。

「わたくしが……」

内心首をひねりながらオウルがナギアの瞳を見つめ返すと、彼女は少しうつむき、ぽつりと呟く。

「わたくしの方が……先に……」

「……ああ」

そこまで言われてオウルはようやく気づいた。

「だが、お前は……」

「わたくしのことは、お嫌いですか……？」

逡巡するオウルにナギアは涙を浮かべ、そう訴える。オウルは髪をかいて、言いづらそうに答えた。

「お前は、生娘だろう」

「なっ……！」

ならば然るべき場所、然るべき時に相手をしてやるべきではないか。オウルとしてはそう思っていた。

「しょ、処女なわけないじゃないですか⁉　今までこの身体で落としてきた殿方は数しれずですわよ⁉」

「そんな女が口づけ一つで顔を真っ赤に染めるものか」

ぎゅっと豊満な胸元を持ち上げるように腕を組み主張するナギアに、オウルは呆れ声で答える。

「だがまあ……そんな顔をしてねだるなら望みを叶えてやる。後悔はするなよ」

言って、オウルはナギアの身体を抱き寄せると、その蛇の下半身を覆う腰布をくいと外した。

「あ……」

初めて男の目に晒されるその部分に、ナギアはふるりと身体を震わせる。

「ここでいいのか？」

「んっ……は、い……」

へその少し下、人の身体と蛇の身体の境目にあるすぼまりに、オウルの指がするりと伸びる。陰唇こそないものの、指をつぷりと侵入させてみればそこの作りは人のそれとさほど違いはないようであった。

興奮に分泌された愛液も、指をキツく締め付ける膣壁の感触も……意外なことに、入り口に張った純潔の証さえも、だ。

「本当に、構わぬのだな」

「はい……オウル様こそ、わたくしのような蛇をお抱きになって、後悔なさいませんこと？」

「愚かなことを」

この期に及んで強がるナギアに、オウルはゆっくりと挿入した。

「お前のように美しい女を抱けて、後悔などあるものか」

「あぁっ……」

彼の言葉を裏付ける、熱く硬い滾りがナギアの中を押し開いていく。今までどんな男も入ろうとはしなかった、文字通りの処女地。メリメリと膜を突き破られる感触さえも愛おしくて、ナギアはぎゅっと尾に力を込めてそれを受け入れた。

「……あまり強くは締め付けるなよ」

オウルの声に、ナギアははっと我に返る。いつの間にか蛇の尾がオウルの身体にぐるぐると巻き付いていた。

「も、申し訳ございま……！」

「構わん」

慌てて締め付けを解こうとするナギアの尾を、オウルは掴んで押し留めた。

「そのように情熱的に精を求められるのは嫌いではない」

「せっ……！」

ナギアとしては全くそんなつもりはなかったのだが、そう言われてしまえばそうとしか思えない体勢であった。ナギアの尾はこれ以上ないほどぴっちりとオウルの身体に絡みつき、人間の女と違って僅かに腰を引くことすら許さないほど膣口を密着させている。

その状態で膣内はきゅうきゅうと蠕動（ぜんどう）するようにオウルの逸物（いちもつ）を扱き立てているのだ。まるで男の精を絞り出すためだけに存在する装置のようであった。

「わ、わたくし、こんな……はしたない……！」

「いいさ。代わりに俺はこちらを堪能させてもらおう」

オウルはそう言って尾に包まれていない上半身を動かし、ほとんど谷間を隠していない紐のようなナギアの上衣をずらしてその先端を露出させる。

「ぁ……んっ……そこには、興味ないのかと思っておりました……」

「異なことを。この果実に惹かれぬ男などそうはおるまい」

下半身を蛇の身体に包まれ、怒張をしとどに濡れた膣内にぬっぷりと格納された状態で、この豊満な一対の乳房を自由にできるというのはオウルにとっても新鮮な感覚であった。

例えるなら、捕食されながら捕食するような感覚。被虐と加虐を同時に味わうような、不思議だが心地よい快楽だ。

「だっ……てぇ……オウル様、ぁん……全然っ……わたくしの、お胸……はぁん……視線を、向けないでは……ありませんの……っ」

目の前にたゆんと揺れる乳房があれば、好いた女でなくとも……下半身が醜い蛇であろうとも、つい目で追ってしまうのが男の性というものだ。

それに囚われないオウルの視線は好ましいものであると同時に——自分でも度し難いことであるとは思っているが——オウルへの好意を自覚してからは、ナギアは己の胸に魅力を感じてはくれないのかと不満を覚えてもいた。

「だから今はこうして……存分に目をやっているだろう」

その極上の果実を揉みしだきながら、オウルは先端の蕾をついばむ。己の柔らかな双丘に顔を埋める男を見下ろして、満たされたナギアの膣口がきゅうきゅうとオウルの剛直を締め付けた。

「はっ……うぅんっ……」

もしこの身が余すことなく蛇であり、好いた相手を丸呑みにしてしまったらこのような気持ちになるのだろうか。そんなことを思うナギアの脳天から、ビリビリと快楽が走る。

それはオウルが顔を埋める胸元で増幅され、腹へと降りて子宮をわななかせ、そこから膣口までを響き渡るように何度も往復してから、尾の先へと通っていく。

「……達したか」

「はぁっ……はぁっ……今のが……絶頂、ですの……？」

肩で荒く息を吐き、恍惚に瞳を潤ませながら、これ以上なくだらしのない表情でナギアは呟く。

「軽いものだろうが、な」

「はぁあんっ」

きゅうとオウルが乳首を摘み上げると、同じ衝撃がもう一度ナギアの身体中を駆け抜けていった。

「そ……れぇっ……だめ……っ……や、あん……」

絶頂する度にナギアの膣内全体がうごめいて、オウルの男根をしゃぶり尽くすように締め付ける。

それと同時に下半身がすりすりと細かく動いて、オウルの下半身に擦りついてきた。

極めの細かい小さな鱗はすべすべとしていて触れるだけでも心地よく、微かに肌に引っかかる感触は無数の指先で撫でられているよう。危惧していたような強い締め付けは微塵もなく、全身を愛撫されるような気持ちよさであった。

「出すぞ……っ！」

「はいっ……お情けを……オウル様の、お情けをくださいまし……っ」

ぎゅうとオウルの後頭部を抱きしめ、たわわに実った乳房を彼の顔に押し付けるナギア。その下半身は寸分の隙もなくオウルの身体に巻き付き、根本まで呑み込んだ肉槍を膣壁がきゅうきゅうと吸い付いてくる。

全身で男を受け入れるその熱愛ぶりに、オウルは堪らず彼女の中に白濁を吐き出した。

「はあぁ……ぁん……」

男の欲望を子宮で受け止めて、ナギアは一際大きな絶頂に全身を震わせる。ずっとこうしていたい、と彼女は思った。人がつま先立ちするように、尾の先を使って動けばオウルと抱き合ったまま移動することだってできる。永遠に繋がったまま暮らしていきたい……


「ナギア。離してくれるか？」

「いやです」

「……ナギア」

そんな願いは、オウルの困ったような声色に打ち砕かれた。もし怒りとともに高圧的に命じられるのであれば、無理矢理にでも干(ひ)からびるまでこうして抱きしめ続けるというのに。

「……ずるいお方」

「悪いがそう時間もないのでな。一段落すれば、お前の気がすむまで抱いてやる」

するりと尾を解くと、オウルはそう言ってナギアに口づけた。

「約束、ですわよ？」

「ああ。約束がどういう意味を持つかはお前が一番よく知っておろう」

最後にちろりと舌先を交わして、ナギアはオウルから身体を離す。

「オウルくうん！」

途端、ラディコの小柄な身体がぼすんと突っ込んできた。

「ボクもお……ボクも同じことしてほしいよお」

内股にふわふわとした尻尾を挟み込むようにして、太ももを擦りつけながらラディコはオウルの腰にしがみつく。

なんとなく、そうなる気はしていた。とはいえ悪いことばかりではない。フォリオの方を見れば、その表情は明らかにオウルとナギアの痴態に当てられ発情している。

「わかった。では……」

オウルは未だ麻痺が解けず地面に転がるフォリオのすぐ目の前を指差して、言った。

「服を脱いで、そこに横になれ」

2

「こうお？」

床に転がるフォリオの隣に並ぶようにして、ラディコは床に四つん這いの格好で尻を突き出す。

「ラディ……やめて……」

フォリオはラディコにそう呼びかける、その声は随分弱々しいものだった。ナギアの使った麻痺針の影響ばかりではないだろう、とオウルは踏む。

「大丈夫だよお、フォリオ様」

ラディコはにっこりと微笑んで、明るい声でそれに答える。

「とーっても気持ちいいんだよお」

それはフォリオの目にはどう映っただろうか。

「ラディ。悪いがお前の『銀の腕』をナギアに預けることはできるか？　また潰されては敵わん」

「いいけど……オフにもできるよお？」

そう思いつつもオウルが頼むと、ラディコは不思議そうに目を瞬かせた。

「そうなのか？　何かの拍子にうっかりオンにしてしまうということはないか？」

「うん、大丈夫だよお」

自信満々に頷くラディコに、オウルはかえって若干の不安を抱いた。

「オウル様。切り替え式のスキルは、例えば絶頂の際にうっかり発動してしまうような類のものではございませんわ。というか、既にラディコ様はスキルをオフにしているのでは？」

そこにナギアが助け舟を出す。

「うん。つけてたらちゅーってしただけでも、オウルくんの頭蓋を破壊しちゃうもんねえ」

あっさりと恐ろしいことを口にするラディコ。とはいえ考えてみれば、そのような怪力を常に発動していては日常生活もままならないだろう、とはオウルも思ったことではあった。何より疑っていてはこれより先に進むこともできない。

「よし。……では、挿れるぞ」

「うん。きてえ！」

パタパタと尻尾を振って、ラディコはツンと尻を高く持ち上げる。その入り口はすっかりトロトロに蕩けていて、男を誘っていた。

ふさふさとした大きな尾は垂らすと腰全体を隠してしまうほどで、ピンと持ち上げられているそれをオウルは何の気無しに軽く撫でる。

「ひあんっ！」

すると、ラディコは身体を震わせて艶めかしい声を上げた。

「オウル……っ……くぅんっ！　そこおっ……！　やあぅ……！」

オウルの手の中で、尻尾がパタパタと控えめに揺れる。

「触られるのは嫌か？」

「いやじゃないけどお……っ……おなかのおく、きゅんきゅんして……はやく、ほしいよお……」

ぐいと突き出された臀部(でんぶ)の間から、透明な蜜がポタポタと落ちて床に跡を残す。ろくに愛撫もしていないというのに、未経験とは思えない濡れようであった。

オウルは尻尾を撫でてやりながら、ゆっくりとその中に侵入する。

「んんっ……！」

ナギアよりはだいぶ人に近い外見から予想していたことではあったが、やはり牙族であるラディコにも処女膜は存在した。とはいえ、普段から激しい運動をするためか純潔を示すそのひだはほとんど破れてしまっている。態度や身体に触れた感覚から生娘であることには間違いないが、オウルの剛直を受け入れても痛みはほとんどなさそうだった。

「きゅぅんっ……んっ……はぅん……っ」

ゆっくりと埋め込まれていく肉槍に、ラディコは嬌声を上げながらパタパタと尾を振る。反応がわかりやすいのは結構なことだが、流石に目の前でブンブンと振られるのは少し邪魔だ。体勢を誤っただろうか、と思いつつもオウルはその尾を軽く押さえる。

「んあぁぁぁっ！」

途端、ぶわりと尻尾の毛並みが逆立ち、ピンと伸びる。同時にラディコの膣口がオウルのペニスをぎゅうっと強く締め付けて、彼女は全身を強張(こわば)らせた。気をやったのだ。

「……ここを触られるのは、そんなにいいのか？」

「ひにゃぁあっ！」

オウルがもう一度尾を優しく撫でると、ラディコは再びビクビクと身体を震わせる。

「そっ……そこお……ずんずん……っ！　されながらぁ……しっぽ、さわられるの、お……きもち、よすぎるよお……」

「ふむ……こうか？」

どうやら尻尾が随分と感じるらしい。

「ひぐぅぅんっ！」

ゆっくりと尾を撫でてやりながら奥を突いてやると、ぷしゅっと音を立てて吹き出した潮が床を濡らした。それでなくとも溢れ出す愛液が、まるで失禁のように彼女のほっそりとした脚を伝い漏れている。

「ひあぁっ！　きゃうぅんっ！　だめぇっ！　オウルくうんっ！　それっ！　きもちっ……よすぎ、てえ……！　だ、めえっ！」

「やめた方がいいのか？」

ピンと立った尻尾を撫でる度にきゅうと膣口が閉まってオウルのものを締め付け、それをこじ開けるように奥を突けば甘い声がまろびでる。その反応はまるで上等な楽器のようで、オウルの嗜虐心を殊更に煽った。

「だめえっ、だめえ！　やめない、でえ……！　はううっ……！　ひあんっ……！」

「そら、これはどうだ？」

「きゅううぅんっ！」

オウルがぐいとラディコの尾を引っ張ると、彼女はほとんど犬のような鳴き声を上げた。それは悲鳴ではなく、発情しきった雌犬の鳴き声だ。

「ひうんっ！　あっ、はぁっ……！　くぅんっ！　あああぁっ！」

もはや人の言葉を発することすらかなわず、上半身を床に突っ伏すようにしながら、しかしそれでも尻だけは高々とオウルに捧げてラディコは嬌声をあげ続ける。

その尻尾を引っ張って腰を引き寄せ奥を貫く度に愛液が吹き出し、濡れた肉同士が打ち付け合う音がパチュパチュと淫靡に響き渡る。

「くっ……ラディ、イくぞ……！」

「ひきゅうっ！　きゅうんっ！　くうん！　きゅうぅーんっ！」

本物の犬のように舌を突き出しながら何度も何度も絶頂に達するラディコに、オウルは堪らずそう宣言する。だが、彼女の耳にはもはやオウルの声など全く聞こえていないようだった。

――声。

と、不意にオウルの脳裏にある考えが浮かぶ。人とは違う部分に性感帯が集中しているというなら、と。

彼は特に深い考えもなく、ラディコの耳を掴んだ。

「きゅっ――……っ!!!」

その瞬間。ラディコは呼吸することさえ忘れて背筋を反らし、絶頂した。ぎゅうと、彼女の膣壁がオウルの男根を締め付ける。スキルは切っているはずなのにそれは手のひらで思い切り握りしめるほどの強さで、オウルは腰を引くことすらできず彼女の中に射精した。

圧倒的に男が優位な後背位であるにもかかわらず、膣内射精以外は許さぬと言わんばかりの締め付け。その小さな雌穴に白濁の全てを注ぎ込んで、ようやくラディコは全身を弛緩させ、床にぐったりと倒れ込んだ。

オウルの肉槍がずるりと抜け落ち、栓を失った秘裂からどろりと白い液体が漏れ出る。

「すご……かった、よお……」

尾と耳すらも力なく、ぐったりと横たわりながら、ラディコはそう呟いた。

「……さて」

二人の処女を抱き終えて、オウルは残る一人へと視線を向ける。

「ふぅ……っ……ふぅっ……」

フォリオは自由の利かない身体で床に転がりながら、顔を真っ赤にして荒く息をしていた。

「二度の初体験の気分はどうだった？」

「……っ！」

オウルは魔術でナギアとラディコの感覚を、フォリオに送り込んでいた。麻痺した身体では自分で快楽を処理することもできず、ただただ送られてくる快感に身を焼く他なかったはずだ。

「こ……」

「こ？」

何か言いたげに声を漏らすフォリオに、オウルはその先を促す。

「こーさんっ！　降参しますっ！　参りましたってばあ！　もう、無理だからぁ！」

フォリオは自棄（やけ）になったように、そう叫んだ。思っていたよりもずっと早い陥落に、オウルは一瞬何かの罠かと疑う。

だが麻痺を解くような手段を持っているならとっくに試しているだろうし、降参した程度でオウルが油断するような人間ではないのもフォリオであれば先刻承知だろう。

となれば、詰んだ状況下なら早めに白旗を上げた方が賢明であるかもしれない。フォリオとて、無為に純潔を散らしたくはないだろう。

正直この美しい翼族の女も抱いてみたいと思わなかったといえば嘘になるが、かといって必要もないのに行為を強要するのはオウルの主義に反する。見上げた機の見極め方だ。

オウルは感心半分、落胆半分でそう考え。

「だから……アタシにも、はやく、してくださいよぉ……」

そんなオウルの予想を、フォリオは涙目で打ち砕いたのだった。

3

「……いいのか？」

「『いいのか』!?　いいのかって何ですか!?　ここまでしといて、まさかアタシは抱けないってんですか!?」

思わず問えば、フォリオは酷い剣幕でオウルに噛み付いた。まだ身体は動かないようだが、口の方は随分と回復してきたらしい。

「いや……そういうわけではないが」

「こんなにドロドロのグチョグチョにしておいておあずけなんて、酷すぎですよ！」

フォリオの口調はどう考えても本心からのものだった。オウルは念の為に二、三呪いの契約を取り付けて、彼女の身体をひょいと抱き上げた。

背中に生えた翼以外は人とさほど変わりないように見えるが、それは見た目だけの話なのだろう。中背程度の背丈を持っているというのに、フォリオの身体はラディコより軽かった。

「あの、この麻痺って……」

「悪いが解毒する魔力を節約したいのでな」

蠍蜂のスキル『麻痺針』は、オウルにとっては未知の毒だ。そもそも毒ですらないのかもしれない。複数の回復魔術を重ねがけすれば効果を消すことはできるものの、それは酷く効率が悪いものであった。どのみち時間が経てば自然と消えるのだ。

「んあっ……！」

フォリオの身体を膝に乗せるようにして、彼女のスカートを捲りあげ秘所へと指を伸ばす。本人の言う通りそこは既にびっしょりと濡れそぼっていて、下着はほとんどその役目をなさなくなっていた。

「早く……挿れてくださいよお……」

「そう焦るな。物事には順序というものがある」

オウルはスカートの中でフォリオの下着をずらし、ゆっくりと指を差し入れていく。いくら濡れていると言ってもろくにほぐしもしていない膣口だ。ラディコと違って既に膜が破れているということもなさそうだし、しっかりと慣らさねば痛いだけだ。

「ううう っ……はやく……はやくぅ……！」

だが、身体が麻痺して動かせないせいもあるのだろう。フォリオはもどかしげに何度もオウルを急かす。

「待てと言うに」

「やぁ……んっ……お腹の奥が切ないんですよぉ……！」

つぷりと指を挿れ、軽くひっかくように膣壁を擦り上げると、フォリオの羽がパタパタとはためいた。麻痺が徐々に解け始めているらしい。

「急に挿れても痛いだけだぞ」

実際フォリオの中は酷く狭く、オウルの人差し指だけでもかなりキツい。とてもオウルの太いものを受け入れられそうにはなかった。

「で、もぉ……！」

不満げにバサバサと動かされる翼を、オウルは空いた片腕を用い、フォリオを抱きしめるような形で押し止める。

「ひあっ……！」

その瞬間、フォリオの膣口がこれまで以上にオウルの指を締め付けた。

「……もしや」

「だ、だめぇ……それっ……だめになる……っ！　なでなで、しない、でぇ……っ！　ひあああぁんっ！」

フォリオの背中に腕を回したまま、翼を撫でる。その度にフォリオはガクガクと身体を震わせ、膣壁を収縮させた。どうやらラディコの尻尾と同様に、そこに性感帯が集中しているらしい。

「だめぇっ……！　やっ！　だめって……っ！　いってぅ、のにぃぃいっ！」

オウルはここぞとばかりに羽を撫でつつ、膣内を指先でほぐしていく。フォリオはびくんびくんと身体を震わせ、何度も声を出すこともできずに絶頂に達しては、また喘ぎ声を上げながら絶頂まで高められるのを繰り返す。

「ふむ……このくらいか」

「あひゅぅ……しゅご……しゅぎましゅ……」

オウルが納得してそう呟く頃には、フォリオは身も心もぐにゃぐにゃに蕩けてしまっていた。

「何を言っておる」

フォリオの身体をもう一度持ち上げて、オウルは彼女の痴態に興奮しギンギンに反り立った肉槍の先端を、その秘部へと押し当てる。

「本番はここからだぞ」

「ひぎぃぃっ！」

そして、一気に根本まで押し込んだ。

「あひぃぃっ！　ふぐっ……！　ひあぁぁんっ！　ひっ、ひぐぅぅんっ！」

ほとんど悲鳴のような嬌声を上げるフォリオ。だが、苦痛よりも快楽を強く感じているのはその蕩けた表情を見れば明白であった。

麻痺した彼女が唯一自由に動かせるのが顔から上だ。

「ひっ……！　いぃんっ！　あっ！　ふっ！　あぁっ！」

残りの部分は指一本動かすことができず、その軽い身体はまるで玩具のように持ち上げられ、肉槍の上に落とすようにして膣奥を穿たれる。

ただ快楽を貪るためだけの肉塊のようなその扱いに。

「ひぐぅっ！　は、ひあぁんっ！　んっ！　いぃっ！　いいよぉっ！」

——しかし、フォリオは悦んでしまっていた。

「もっとぉ！　もっと、あっ……！　ずんずんってぇ……！　アタシっ……こんな、扱いされてぇっ！　気持ちよくっ……！　なっちゃってるっ！」

オウルがその太ももを抱えるようにして持ち上げ腰の上に下ろす度に、ぱちゅん、ぱちゅんと愛液でしとどに濡れた秘裂が音を立てる。フォリオはそれを拒否することも隠すこともできず、ただただ男の好きなように犯されるしかないというのに、彼女が感じていることを示すその音はどんどん大きくなっていった。

「こうされるのがいいのか？」

意地の悪い声で問いながら、オウルはフォリオの胸を掴む。彼の手のひらからほんの僅かに溢れる程度の乳房は美しい半球状をしていて、揉みしだくと柔らかな弾力がしっかりと指を押し返してくる。

その先端の乳首は慎ましやかな大きさで、しかし今は興奮にツンと尖ってその存在を最大限主張しているかのようであった。

「ああぁっ！　だめぇっ！　おっぱいだめぇっ！　さきっぽ、そんな、吸っちゃやだめえっ！」

リクエストの通りにオウルはフォリオの乳首を唇でついばみ、ぐりぐりと腰を押し付けながら彼女の背中に腕を伸ばし、翼を撫で擦る。

「や、あ……っ！　はねっ……なでなでしちゃ……っ！　だめえっ……！　感じ、すぎちゃうんだってばあっ！　あぁんっ！　そんなっ……！　されたらっ！　堕ちちゃうっ……！　堕ちちゃうよおっ……！」

平静なときのどこか飄々(ひょうひょう)とした彼女の振る舞いとはかけ離れた、媚びる雌そのものの甘い声色。

フォリオのその声は、オウルの興奮をいや増していく。

「あぁっ……！　アタシの、中でぇっ！　おっきく、ふくれてるっ……！　精液、出そうとしてる……っ！　孕ませようとしてるっ……！」

そしてその変化を、フォリオは敏感に感じ取った。

「ああ……だが俺がそうしようとしても、お前は止められないな？」

「だめぇっ……！　中で……っ！　膣内で、射精しちゃ、だめえっ……！　赤ちゃん、できちゃううっ……！」

まるで駄目とは思えない甘い声でそう繰り返すフォリオの腰をぐっと掴み、オウルは低い声で告げる。

「してほしくないのであれば……そう言ってみろ。俺に、やめろ、と」

「だめえっ！　駄目なのぉっ！　中に、中には絶対出しちゃ駄目だからね……っ！　さっきまで処女だったのにっ……！　こんなぁっ……！　イカされまくった状態でぇっ……！　中出しっ……されたら……覚えちゃうっ……！　身体が、あなたの精液覚えてっ！　堕とされちゃうからぁっ……！」

彼女の必死の回答を、オウルは完全に理解する。

「いくら駄目だと言っても無駄だ。お前の身体は指一本動かぬのだからな」

「ああっ……！　だめなのにいっ……！　精液の味っ……覚え込まされちゃうっ……！　麻痺して動かない身体にっ……！　無理やりっ……！　中出しされてっ……！　教えられちゃうっ……！」

やめろ、と——彼女はただの一言も、言わなかった。

「イくぞ……っ！　堕ちろ……っ！」

「イくっ！　イくっ！　イくっ！　堕ちるっ……堕ちちゃうっ……！　あっ……――ああぁあぁぁぁっ！」

どくどくと流し込まれる大量の白濁の感覚に。

フォリオは、ぎゅっと両手両足でオウルにしがみつくようにしながら、深い絶頂に達したのだった。

＊　＊　＊

「三人の処女をまとめて奪った上に、麻痺させて動けない女を無理矢理犯して中出しまでするなんて、ほーんと悪いチンポですね、この子は」

突き出された男根を軽く指で弾いて、フォリオは舌を伸ばしぺろりと舐め上げた。

「とっても素敵な体験でしたわ……オウル様、約束の方、くれぐれもお忘れなきようお願いしますわね」

その隣でナギアが長い舌をチロチロと伸ばし。

「ボクも！　ボクもまたしたい！　オウルくんとの交尾、すごーく好きだなぁ」

その向かい側で、ラディコが対称的に短い舌を一生懸命滑らせる。

フォリオとの事後、ナギアが「お掃除致しますわ」と言ってオウルの竿に口淫奉仕を始め。それを見てラディコが「ボクもやる！」と加わり。そして今フォリオが加わっての、この状況であった。

「それは構わんが……」

純潔を失ったばかりの乙女三人の舌奉仕はお世辞にも上手いとは言いがたいものであったが、三者三様の異なる魅力を持った少女たちが顔を並べてグロテスクな器官に舌を這わせる光景に興奮しないわけもなく。

フォリオに思う様注ぎ込んで萎えかけていた性器は、再び雄々しく反り立って少女たちの愛撫を一身に受け入れていた。

「なぜお前たちはそうも協力的なのだ？」

フォリオには別に何か暗示をかけたわけでも魔術で魅了したわけでもなく、多少の小細工は弄したとはいえやったことはただの強姦に等しい。

ラディコとて、単純な性格ゆえに催眠術がよく効いたのだと思ってはいたが、それにしたって懐きすぎであるという気はする。

それを言い出せばナギアもそうだ。無論人となりは十分に理解した上での対応で、そう誘導した自覚はあるが、ただ信頼させただけにしては随分と愛情深い交わりに思えた。

「んー……まあ、そもそもアタシも好きでユウェロイ……サマ？　に仕えてたわけでもないんですよね」

「それは、わかるが」

この世界の奴隷制度は、大した拘束力もないくせに制度そのものが逆らえない空気を形作っている。奴隷たちが主人に従うのは、言ってしまえば『逃げても今よりマシな主人に当たるとは限らないから』という話でしかない。

魔族はなんらかの手段を用いて奴隷から解放されても、結局他の人間の奴隷になるしか道はない。その諦念が主人に従わせているにすぎず、忠誠心など生まれようもない。

「そこへ行くとオウルサン……オウルサマ？　は、人質にとったラディコも丁重に扱ってるみたいだったし、アタシたちみたいな魔族でも抱いてくれるし……あと、セックスめちゃくちゃ気持ちよかったし……」

指折り数えるフォリオの言葉は、後半になるにつれてか細い声へと変化する。

「まあ、ともかく！　ユウェロイよりはまだマシかなって思ったの！　です！　そんだけ」

照れ隠しのようにそう言って、フォリオはぱくりとオウルの亀頭を咥えこんだ。

「魔族を抱く人間は、そんなに少ないのか？」

「ええ。人間から見れば奇異な姿でしょうしね。それに魔族は皆誰かしらの奴隷です。他人の所有物である奴隷を他者が損ねるのは罪ですから、奴隷同士で交わることも基本的にはありません」

舌先でチロチロと肉茎を舐めながら、器用にナギアが答える。

「それでお前たちはそれほどの美しさで、揃って処女だったのか」

得心した、とばかりにオウルが呟くと、三人は揃って押し黙った。

「どうした？」

「オウルくんってへんたいなの？」

首を傾げるオウルに、ラディコが率直な問いを投げつける。

「何がだ」

「だって……」

「ねえ」

「うん」

眉をしかめるオウルに、女たち三人は頷き合う。

「比較的人間に近い純魔族や牙族ならまだしも……」

「尾族や翼族も美しいと真顔で仰るなんて……」

「それに、ボクみたいなつるぺたしてるのによくじょーするのも、へんたいなんでしょ？」

口々に放たれる意見にオウルは一瞬瞑目(めいもく)する。

「変態じゃない」

しかし彼はすぐに最適な返答を思いつき、答えた。

「俺の元いた世界では普通のことだったんだ」

HOW TO BOOK ON THE DEVIL

DUNGEON INFORMATION

ダンジョン解説

登場人物 characters

フォリオ

種族:翼族
性別:女
年齢:21歳
主人:ユウェロイ
装備:翼族の服、革袋
容量:104/120
所持スキル:『小炎』:4、『大炎』:12、『水塊』:6、『道具袋』:30、『小癒』:6、『目覚』:6、『解呪』:40

中層の壁族、ユウェロイの部下。自身も多数の部下を持ついわば幹部のような存在であり、中間管理職でもある。覚えただけでその使い方を理解できる技系のスキルと違い、『小炎』等の術系のスキルはその利用方法を使用者の技術に依存するためあまり人気がないが、フォリオは好んで使用している。

道具 item

【拘束の鎖】

拘束するための手枷と鎖のセット。鎖の先端を『母なる壁』に近づけると張り付き、鎖自体が破壊されなければ離れなくなる。どのような原理で『母なる壁』に固定されているのかは解明されていない。

【翼族の服】

極めて軽く、比較的露出度の高い服。特に背中が大きく開いており、翼が邪魔にならず着ることができることからこう呼ばれている。実のところフォリオはこの服を恥ずかしいと思っているが、他に着ることができる服もないため我慢している。

【革袋】

革でできた袋。水や液体を運ぶのにも重宝するが、『道具袋』スキルを使うとその中の空間を大きく広げ、袋の口よりも遥かに大きいものを自由に出し入れすることができるという効果を持つ。

モンスター monsters

囁く者

ドロップ:『小炎』、布の服、☆鉄の杖

下層や中層に現れるモンスター。ローブに身を包み、フードを目深にかぶった人間のような姿をしているが、フードの中を覗き込んでも闇が蠢いているのみ。身体能力は低いが『小炎』のスキルで炎を飛ばしてくるため危険。

箱モドキ

ドロップ:『道具袋』、宝箱、☆黄金のトークン

上層から下層にかけて広く現れるモンスター。見た目はただの木箱にしか見えないが、開けようとすると牙の生え揃った蓋が開き、凄まじい力で噛み付いてくる。ドロップ品の宝箱は本物の箱だが、生きている箱モドキと見分けは全くつかない。

矢撃小人

ドロップ:『狙撃』、拘束の鎖、☆鋼の弓

中層に出没するモンスター。目深にフードを被った小人の姿をしており、集団で弓を撃って攻撃してくる。敵としては極めて厄介な相手だが、入り組んだ壁界において弓矢はあまり効果的な武器ではないため、スキルや希少ドロップは外れの部類とされる。

Step.7　己の力を示しましょう

1

「オレにやらせてくれないか、大将」

サルナークはオウルの顔を見るなり、開口一番そう言った。

ブランは、本当にフローロにしか興味がなかったらしい。オウルは一応フォリオに命じて鎖で縛らせてはいたが、サルナークの処遇については何の指示もなかったという。

フォリオは仕方なく、サルナークも鎖で縛って『道具袋』の中に放り込んでおいたらしい。後々でなぜ殺したと言われても困るし（ユウェロイは平気でそのくらいは言う、とのこと）、無駄に殺すのも寝覚めが悪いからだ。

「策はあるのか」

「ない」

問えば、サルナークは清々しいほどにきっぱりと言い放つ。

「フォリオ。ブランのスキルは、サルナークで打倒できるものなのか？」

「多分、無理でしょうね」

フォリオは腕を組み、首を傾げて言った。

「あのヒト、脳筋ではありますけどバカではないですからねえ……サルナークサンについて何も言わなかったってことは、多分全く脅威を感じてないってことだと思うんですよ」

彼女の言葉に、サルナークはぎりと歯噛みする。だがおそらくそれは事実だろうというのも、また飲み込んだ。

「……頼む、大将」

サルナークは、今まで一度も下げたことのなかった頭を、オウルに下げた。

「三度も負けて、ようやくわかった。オレのスキルはそこまで強いわけじゃねえ」

いや、そんなこともないんですけどね、とフォリオは内心で呟く。

「だがオレの頭じゃあ、どうやったら勝てるのか……」

そこまで言いかけて、サルナークは「いや、違うな」と首を振り、言い直す。

「オレがどうやって負けるのか、想像がつかねえ」

ブランが見せたのは、ダンジョンキューブさえ一撃で破壊するほどの威力を持つ攻撃だ。だがそれは、ラディコの持つ『銀の腕』とは別のスキルであるという。

純粋に破壊力が高いだけのスキルであれば、『鋼の盾』には通用しない。負ける理由は存在しない……そう考えて、サルナークはようやく気づいたのだ。

今まで敗北してきた戦い、三度ともそうやって負けてきたことに。

「オレは……オレは未だにこの『鋼の盾』を無敵だと思ってる。だが実際はこのザマだ。あんたが次の戦いも勝てないって思うんならきっとそうなんだろう。だから……頼む。教えてくれ。オレはどうしたらいい？」

「……そうだな」

オウルは顎に手をやり、少し考えるように目を伏せる。

「無敵とは言わんが、お前のスキルが強力なものであることは間違いない。問題は、運用だ」

それは先程フォリオが思い浮かべたのと同じ内容だった。

「運用……？」

「ああ。お前はそのスキルを、単に攻撃を防ぐものだと思っているだろう」

「違うのか？」

サルナークの問いに、オウルは頷く。あらゆる攻撃を防ぐスキル。そんな認識でいるから、彼は道具袋の中で溺れる羽目になるのだ。

「本質としては『自身にかかるエネルギー全てを無効化する能力』だ。ならばそれは防御のためだけでなく、攻撃にも転用できよう」

「……よくわからんが、だがそれでこそ頼むかいがあるってもんだ。何でも言ってくれ。どんなことでもやる」

神妙な表情で言うサルナークにオウルは一つ頷き、傍らに立つフォリオに視線を向けた。

「そういうことであれば、俺より適任のものがいる」

「え、アタシですか？」

フォリオはキョトンとして自分を指差した。

「俺はこの世界に来てまだ日が浅い。スキルとやらがどのようなものなのか、どれだけのことができるかを正確には知っておらぬ。だが、お前はそうではないだろう？」

『道具袋』を落とし穴代わりにし、『鋼の盾』に対し水責めを行い、爆風を受けて加速する。どれもが正当な使い方ではなく、スキルというものを熟知していなければ出てこない発想だった。

「例えば、『鋼の盾』を無力化する方法をもういくつか思いつくはずだ」

「はあ、まあ……」

オウルの問いに曖昧に頷くフォリオ。

「オ……オレに魔族の教えを請えというのか!?」

「先程、お前はどんなことでもやると言っただろう」

掴みかからん勢いで叫ぶサルナークに、オウルは素気なく答える。

「あの、オウルサマ、アタシは別に……」

「駄目だ」

萎縮したように翼を小さくたたむフォリオに、オウルは首を横に振った。

「サルナーク。お前が負け続けているのは、その無駄なプライドのせいもある。本当に上に行きたいのであれば、まずそれを捨てろ」

「ぐっ……」

サルナークは呻くように歯を食いしばり、憎悪の籠もった瞳でフォリオを見据える。

「…………たの、む……」

「お願いします(ロヴノブ)だ。サルナーク」

ギリリと歯ぎしりの音が鳴り、サルナークの口の端から血が滴り落ちる。

「お願いします(ロヴノブ)……」

そして、サルナークは頭を下げた。

「ちょ、ちょっと、オウルサマ……ほんとにこいつにアタシが教えなきゃいけないんですか……⁉めちゃくちゃイヤなんですけど……⁉」

「悪いが相手してやってくれ。俺も同席はする。安心しろ」

小声で囁くフォリオの頭を、オウルは安心させるようにぽんぽんと軽く叩く。

「それなら……まあ……いいですケド……」

唇を尖らせ視線を逸らしながら、落ち着かないように翼をパタパタと動かすフォリオ。

「……これで勝てなかったら……覚えてろよ」

「ひいっ……！」

頭を下げたまま地獄の底から響くような声で呟くサルナークに、フォリオは悲鳴を上げてオウルに抱きつくのだった。

＊＊＊

「やめてください……っ！　ブラン、こんなこと……！」

「怖がる必要などないのですよ、陛下。大丈夫、気持ちよくして差し上げますから、私に身体を委ねてください」

中層、ブランの寝室。そこでフローロは強引に、ベッドの上に寝かせられていた。ブランの手にはさほど力が籠もっているように思えないのに、暴れようとするフローロの身体をしっかりと押さえ、その動きを封じる。

「やっ……こんな格好、恥ずかしい……！」

「とてもお似合いですよ、陛下」

恥辱に顔を歪めるフローロにブランはにこやかに笑って、金属でできた棒をするりと彼女の中に差し入れた。

「抵抗すると、痛い思いをいたしますよ」

「っ……！」

たおやかな、しかし有無を言わせぬ口調で告げるブランに、フローロは身を固くする。

「いい子ですね」

そんな彼女の髪を撫でながら、ブランはそこに差し入れた棒をゆっくりと引き抜いた。

「……っ！　んっ……！」

身を震わせながら、必死に声を押し殺そうとするフローロ。そんな彼女をブランは愛おしげに見つめつつ、何度も何度も金属の棒で彼女の中を蹂躙する。

「ん、ふ……っ！　あっ……！」

小さく狭い彼女の穴の中。そこから全てを出し切って、ブランはにこやかに言った。

「はい、こちらは終わりです。反対側も掃除して差し上げますから、こちらを向いてください」

「だから耳掻きくらい自分でできますっ！」

フローロはブランの膝からがばりと起き上がって、そう叫んだ。

「あらまあ、陛下ったら。小さい頃はあんなにしてしてとおねだりしてきたではありませんか」

「昔の話でしょっ……もう！　ブランはいっつも私の話を聞いてくれませんね⁉」

強引に身体をひっくり返され、ブランの柔らかな膝の上に頭を固定されて、フローロは叫んだ。

「聞いておりますとも。全てはこのねえやにお任せください。それとも昔のように、姫様と呼んだ方がよろしいですか？」

「やっぱり全然聞いてない……」

ブランの物腰はいつもにこやかで穏やかで、しかし自分の意見をけして曲げない。仕方なく身を委ねるフローロの耳の穴を、ブランは金属製の耳掻きで丁寧に掃除していく。

こうして彼女の世話をするのも十年ぶり……先王陛下が人間たちの反乱によって倒れ、フローロを最下層へと逃した時以来であった。

「今までずっとお待たせしてすみませんでした。これからはこのねえやがずっとここでお世話して差し上げますからね」

その言葉に、フローロは先程までとは別の意味で身体を硬直させる。

「……どういうこと？」

「外は危険です。あの時は姫様を逃がすことで精一杯でしたが、今ならばここでお守りしてあげられます」

ブランの言葉に反応するように、入口の扉が音を立てて閉まる。フローロがそちらに目を向けると、分厚い鋼鉄の扉に、更に無数の鍵がかかっていく。

「ずうっと、ここで暮らしましょうね、姫様」

フローロの頬を撫で、ブランはこれ以上ないほど優しげな声で、そう囁いた。

2

「フローロサンを助けに行くには、まず中層に入らなきゃいけないんですよ」

ガリガリと紙に地図を描きつつ、フォリオは説明する。

「で、アタシやラディは基本的にユウェロイサマに呼ばれた時以外、中層には入ることを許可されてません。中層への通路はここところとここの三箇所で、ユウェロイサマの部屋に一番近いのがここですね」

そこに三つ階段の絵を描き、そのうちの一つに丸をつける。

「……絵、ヘッタクソだな」

「それは今別にいいでしょ!?」

その場の誰もが思ったことをぼそりと呟くサルナークに、フォリオは怒鳴った。

「……上手に絵を描く『スキル』さえあれば……」

「そこまで落ち込むことはなかろう。こんなものはわかればそれでよい」

頭を抱えて俯くフォリオに、流石にオウルは慰めの言葉をかける。

「そんなことより、それでは中層に行くには守衛を倒さねばならんということか？」

オウルの魔術走査で調べた結果でも、上層に向かう方法はその階段しかなかった。

「いいえ、強行突破はオススメしません。中層に住んでるのはユウェロイサマたちだけじゃないですからね。そんなことしたら壁族全体を敵に回す羽目になっちゃいますよ」

それに中層ともなると守衛のヒトたちも結構強いですし、とフォリオは付け足す。

「では、魔術で姿を隠していくか？」

「それも、悪くはないんですけど確実性がちょっと低いんですよね……」

守衛たちがどんなスキルを持っているかわからない。ナギアの『鑑定』はある程度低級なスキルしか把握することができないらしく、相手の手の内を全て見分けるというわけにはいかないらしい。

「運良く守衛のヒトたちがオウルサマのマジュツ？　ってのを見抜くスキルを持ってなきゃいいですけど、スキルにも姿を隠せるようなものはあるんで、高確率で看破される気がするんですよね」

オウルの魔術とスキルでの隠形はそもそも原理が違う。守衛のスキルで見抜かれるかどうかは半々といったところだったが、賭けるには少し分が悪い可能性だ。

「なので、向こうから来てもらおうと思います」

＊　＊　＊

ユウェロイは苛立っていた。

大股でずんずんと廊下を歩く彼女の姿を、中層の住人たちが遠巻きに見つめている。そんなことさえ腹立たしく、ユウェロイは殊更に足音を響かせ進む。

ブランはフローロにずっとつきっきりで、部屋から出てさえ来なくなった。

無論、その確保にユウェロイは一切貢献していないのだから褒美を期待するのもおかしいのだが、それにしたって労いの一言もあってもいいのではないか。そこまでの段取りを整えたのも、安全を確保しているのもユウェロイなのだから。

「……くそっ」

誰の目も見えなくなったところで彼女は毒づき、『母なる壁』を殴りつける。誰にも見せることなどできない、みっともない姿だという自覚はあった。

要するに、自分は嫉妬しているのだ。ブランの寵愛を受けるフローロに。それは彼女の基準では酷く醜いことであったし、名誉ある壁族の抱くような感情ではない。

だが、心の内はどうしようもなかった。

そこに追い打ちをかけるようにやってきたのがフォリオからの連絡だ。例の別世界から来たという男……オウルについて、緊急に知らせたいことがあるという。要件ならスキルによる通信で伝えろと言っても実際に目にしてほしいの一点張りだ。

おかげで、ユウェロイはわざわざ下層に足を運ばなければならなかった。

「フォリオ！　私を呼びつけるとは、お前も偉くなったものだな！」

皮肉を口にしつつ、ユウェロイは下層特有の粗末な扉を押し開ける。

途端、飛来した炎の塊が彼女を呑み込んで大爆発を起こした。

「――なるほど」

爆炎にまかれながら、ユウェロイは全てを理解し笑みを浮かべる。

それは紛(まぎ)れもなく歓喜の笑みであった。

「お前も敵に回ったか、フォリオ！」

鬱憤を晴らす相手と名目ができた。フォリオを叩きのめし、そして彼女を操るオウルとやらを倒して報告すれば、ブラン様も認めてくれるに違いない。

そんな絵図を描きながら、熱をものともせずにユウェロイは炎から飛び出す。その全身は、鈍く銀に光る甲冑で覆われていた。

「喰らいやがれッ！」

爆炎の外で待ち受けていたのは、剣を振りかぶったサルナークであった。

「ふん」

軽く構えたユウェロイの右腕が、硬質な音を立てて刃を弾く。同時に、ユウェロイは左腕をサルナークの腹に叩き込んだ。

「む？　ああ、そうか。お前が『鋼の盾』か」

肉を穿つ感覚でも、かといって弾かれるような感覚でもない。奇妙な手応えとともに止まる腕に、ユウェロイは以前受けた報告を思い出す。

「ちぃっ！　何だ⁉　貴様も『盾』持ちか⁉」

おそらくは『剣技』スキル持ちなのだろう。下がって間合いを取りながらも鋭い斬撃が飛んでくる。

「そんな希少(レア)なスキルなど持っているものか」

それをユウェロイは鉄の篭手でいなす。わざわざ装甲の厚い部分で受けているのだ。盾スキルのような問答無用の防御能力など持っているわけもない。

「だがまあ……」

喉元を狙って突き出された剣。右腕で突き出されたそれに沿うようにして、ユウェロイは彼の腕に己の左腕を当てた。

「お前如きにそんな大層なスキルなど必要ないがな」

「なっ……!?」

サルナークは己の腕に現れた甲冑に驚愕の声を上げた。

『全身装甲』。ユウェロイが使っているのは、単に己の身体に鉄の甲冑を纏(まと)うだけの単純なスキルである。それはどんな攻撃も防げるような都合のいいものではないし、物を生み出すスキルの例に漏れず集中を解けば数秒で消えてしまう。

だが本物の甲冑に比べ利点もあった。その一つが、「他人の身体にも生み出せる」というものである。そしてそれは、適正な部位である必要などない。

サルナークの右肘につけてやったのは、左腕の前腕鎧(ヴァンブレイス)だ。左右逆向きの鎧をつけられ、彼の腕はもう曲げることはできない。つまりは剣を振るう腕としては死んだようなものだ。

「くそっ……!」

慌ててそれを外しにかかる彼の左手をぽんと叩く。途端、その手にかぶさる形で手甲(ガントレット)が嵌(は)まった。

身体に埋め込んだり、逆に鎧の一部を貫通するような付け方をすることはできないが、大きさにはある程度自由が利く。

「ちょ……待……」

「待つわけがないだろう」

もたつくサルナークの全身を甲冑で拘束し、ユウェロイは周りを見回した。少なくとも炎を飛ばしてきたフォリオはそう遠くない場所にいるはずだ。

だがしかし、フォリオの姿はどこにも見つからなかった。ユウェロイが踏み込んだ部屋は狭く、大して隠れられそうな場所もない。潜めそうなのは寝台の下やクローゼットの奥くらいだが、そんな場所から炎を放てば自分もただではすまないはずだ。

眉をひそめるユウェロイの耳に、ジリジリという奇妙な音が聞こえた。

見れば、サルナークを覆う甲冑が赤熱していた。

「なっ……！」

距離を取りながら、ユウェロイは瞬時に悟る。炎を放ってきたのはフォリオではない。サルナークだったのだ。

次の瞬間、サルナークを覆う甲冑が弾け飛んで、四方八方に飛来した。

「きっ……消えろっ！」

反射的にユウェロイはそれを消した。高速で飛来する鉄の塊はとても避けられる数ではなかったし、喰らえば甲冑の上からでもダメージは免れ得ない。それ自体は間違った判断ではないはずだ。

だが――

「ふう……ったく、オレって奴はすぐこれだ。だがまあ何とかこれで……」

白いモヤのようなものを身に纏いながら、サルナークはユウェロイを見据え、言った。

「仕切り直しといかせてもらうぜ」

3

「……水蒸気か」

「うえっ、もうバレてんのかよ」

呟くユウェロイに、サルナークは盛大に顔をしかめた。彼の周囲に漂う白いモヤ。それは、大量の水を炎で蒸発させた水蒸気。その残りの湯気であった。

「甲冑の中で、『水塊』の水を『大炎』で蒸発させ、甲冑を吹き飛ばしたわけか……」

水は、熱して蒸気となるとその体積を急激に膨らませる。甲冑はその圧力に耐えきれず、弾け飛んだということだろう。常人がそんな真似をすれば全身に重篤な火傷を負い、自らの身体も水蒸気の圧力で潰されてしまうところだが、サルナークは『鋼の盾』のスキルを持っている。そんな自爆に等しい行為であっても問題なく行えるというわけであった。

「思っていたよりも賢いじゃないか、『鋼の盾』。『大炎』はフォリオから奪ったのか？」

「ハ。誰が言うかよ」

サルナークは鼻で笑うと、両の手のひらを合わせて大量の湯気を作り始めた。これは少しばかりマズいな、とユウェロイは思う。

スキルで作り出す炎というのは、実は見た目ほど強いものではない。スキルで作ったものは基本的に放っておけばすぐに消えてしまう。炎はその最たるもので、スキルで作り出した炎はたいてい一秒も経たずに消えてしまう。

鉄の甲冑で防げるのはそれがゆえだ。連発でもされれば別だが、一発、二発程度の熱量であれば表面を少し熱するくらいで終わる。見た目が派手な割に、殺傷能力はそこまで高くない。

だが、高温の湯気はマズい。水は一般的に炎よりもよほど長持ちするし、甲冑の隙間から入り込んで熱を伝えてくる。そして何より近づいて拘束することができないというのが厄介だ。

「……仕方あるまい」

本来であれば最下層の人間などに出したくはなかったが、とユウェロイは内心で呟きながら、サルナークに向かって駆け出す。

反射的に入り口を塞ごうとするサルナークに向け、ユウェロイは左手を腰だめに構えた。その手は目に見えない棒でも持つかのように半端に握られている。そしてそれをぐいと突き出す動きに連動して、彼女の手の中に巨大な槍が現れた。

槍と言っても小さな穂先を持つ長槍(スピア)ではなく、大きな円錐形の先端を持つ突撃槍(ランス)だ。三メートルほどの長さを持つそれは蒸気を切り裂いて、サルナークの喉元に突き刺さった。

「む。凌いだか、勘のいい奴め」

だがそこでピタリと止まる槍に、ユウェロイはつまらなさそうに言い捨てる。『盾』持ちに物理攻撃が効かないことなど先刻承知の上だ。しかし、攻撃が全くの無駄というわけではない。

鋭い穂先はサルナークが少しでも動けば、彼自身の力によって喉元に突き刺さる。だからこそユウェロイは彼に向かって駆け出すことで行動を誘発しようとしたのだが、サルナークは寸前で動きを止めた。

「ではこれはどうだ」

空いた右腕で、更に槍を生み出しみぞおちに突きつける。サルナークはたじろぐように数歩後ろへ下がった。

「そら、進めば刺さるぞ！」

ユウェロイは両手を放して、更に二本の槍を生み出す。手放された槍は地面に落ちず空中に留まったまま、サルナークの行動を防ぐ壁となる。

「ちぃっ！」

サルナークは苦し紛れに炎を放った。ユウェロイは更に槍を構えてそれを受ける。炎がユウェロイの甲冑に通用しないとわかっている以上、それはただの目くらましに過ぎない。

その隙に逃げるか、それとも距離を詰めてくるか。恐らく逃げるだろう、とユウェロイは読んだ。逃げてオウルやフォリオの居場所まで誘導し、総力で叩く。それが現状で最も有効な戦略だ。近づいてくるなら刺し殺すまでのこと。

ユウェロイの槍はその大きさをある程度自由に変化させることができる。三メートルの槍を見て接近戦ならば与しやすいと思ったのなら、その侮りの代償は血で払うことになる。

「なっ……！」

迎え撃つユウェロイの槍の先が、がしりと掴まれた。爆炎を割って、槍の先を握ったサルナークがぬうと姿を現す。

刃がついていないとは言え、それは軽く触れるだけでも肉を裂き骨を貫くスキル製の武器だ。当然そんな物を握りこめばただではすまず、サルナークの手から溢れた血液が槍を伝って流れ落ちる。

「舐めるな……っ！」

ユウェロイはすぐさま槍から手を放し、両手から短い槍を生成する。それも一本や二本ではない。一度に十の槍が彼女の目の前に浮かび、矢のようにサルナークに向かって放たれた。ユウェロイが生み出した槍の正体は、実際には己で振るう必要さえない『投槍』のスキルだ。

だがそれは、まるで見えない壁でもあるかのようにサルナークに当たるよりも前にピタリと止まった。

「な……！」

まさか、別の防御スキルを持っていたのか。困惑しつつも距離を取るため後ろに跳ぼうとし、ユウェロイの身体はがくんとつんのめった。まるで甲冑を何かに固定されているかのように、動くことができない。

「捕まえたァ……！」

その隙に、動きを止めた投槍の雨を潜り抜けてきたサルナークがユウェロイの腕をがしりと掴んだ。振りほどこうにも、『鋼の盾』のスキルを持つサルナークはあらゆる力を無効化する。つまりは、一度掴まれたら絶対に逃げ出すことができない。

血だ、とユウェロイは気づいた。彼の肉体は外部からのあらゆる力を受け付けない。しかしその『肉体』とはどこまでを指すのか？

厳密に言えば、その力は生まれ持った肉体の多少外部まで守っている。服にさえ傷がつかないのはそのためだ。おそらくはスキル使用者の認識が影響しているのだろう、というのが通説だ。

サルナークはどうにかして、その認識を己の血にまで広げたのだ。血液が付着した物体は、そこから動かせなくなる。血液を引き剥がす程度の力でさえ、『鋼の盾』は阻むからだ。サルナークは槍でわざと自分を傷つけ、血液をユウェロイの槍や甲冑に向けて飛ばしたのだろう。

血液も、元はといえば己の肉体だ。流れ出たとしてもそこにスキルの力を適用するのは不可能ではないように思える。だがその発想に至ったこと自体が、驚くべきことだった。少なくともユウェロイは今までそんな方法を考えもしなかった。

「く……！」

甲冑を解除して離れなければ。そう判断したユウェロイが甲冑を消す寸前、爆炎が迸った。

「させねェよ……！」

ユウェロイの腕を握っているのとは逆の手から、立て続けに炎が放たれる。逃れるために甲冑を解除すれば、すぐに炎にまかれてしまう。かといって、これほどの至近距離で炎を撃たれ続ければ流石に甲冑も保たない。

ならば。

「これでどうだっ！」

ユウェロイは前後左右、サルナークの全身を包み込むようにして無数の槍を作り出す。

「ほんの僅かでも身体を動かせば槍が突き刺さる！　この状況で、攻撃を続けられるか!?」

炎を放つのに動作は必要ない。だが、だからといって人は全く身じろぎもせずにいられるものではない。ましてや全身に刃を突きつけられた状態であればなおさらだ。

「……残念だったな」

にい、とサルナークの笑みが歪むのを、ユウェロイは確かに目にした。

「指一本動かせない状況ってのはもうとっくに経験ずみなんだよ！」

ジッ、と水の焼ける音。しまったと思ったときにはもう遅かった。

サルナークを中心として水蒸気が弾け、彼を囲んだ槍が四方八方に弾け飛ぶ。それは蒸気の圧力とともにユウェロイを強かに打ち付け、吹き飛ばした。

「……ふうっ……くそ……ギリッギリ何とかなったって感じだな……」

ユウェロイを包む甲冑が消え去るのを確認し、ズキズキと痛む手のひらの傷の顔をしかめながらサルナークは壁にもたれかかる。甲冑が消えたということは気絶したということだ。

「だが、やってやったぜ……大将」

ユウェロイは自分よりも格上だったという自覚がある。オウルが授けてくれた血を使うという策とフォリオから借りたスキルを使ったとはいえ、勝つことができた。

オウルの見立てでは勝てるかどうかは五分(ごぶ)。勝てずとも足止めができればいい。そう言って任された役割を、最上の形で果たしたことになる。

「オレがここまでやってやったんだから、そっちもしくじるんじゃねえぞ」

サルナークはそう呟き、天井を見上げた。

＊　＊　＊

「オウル！」

フローロが歓声を上げる。目の前に立つ男に、ブランは目を見開いた。

「……どうやって、ここへ？」

ブランは静かに、オウルに問うた。一体いつ、どうやってか。この男は突然、密閉されているはずの部屋の中に現れていた。

「俺の能力は知っているんだろう?」

そうか、とブランは息を呑む。オウルは『母なる壁』を操作できる。その能力は、壁だけではなく天井や床の形すら自由自在だ。ブランはそれを、『部屋の形を変えるだけのもの』とイメージしていた。だがもし、穴を開けることもできるとするなら……

守衛など、何の役にも立たない。下の階層から穴を開け、はしごでも何でもかけて……いや、あるいは壁を階段に変化させて、密室にでも侵入することができる。

「さて」

愕然とするブランに、オウルは告げた。

「フローロを返してもらおう」

4

名前：ブラン＝シュ
種族：鱗族(りんぞく)
性別：女

年齢：二十三歳
主人：フローロ
所持スキル：『拳技ＬＶ8』『雷身』『反転』『従者ＬＶ10』

視界に映る情報に、オウルはなるほどと頷いた。ナギアから借り受けてきたこの『鑑定』というスキル。予想以上に役に立たないものだ。

所持しているスキルは表示されているが、それがどのようなものなのか、何の意味を持っているのかまでは全くわからない。

『拳技ＬＶ８』はおそらく徒手空拳を用いた技のことだろう。武器を用いず戦う技を、サルナークの剣技以上の強さで持っているということだ。しかし、それでは剣技より強いかと言われるとわからない。

そもそも人の身のままでは弱いからこそわざわざ武器を使うのだ。武器を持たなくとも同じだけ強いのであれば、この世に剣が生まれる必要性がない。

『雷身』はおそらく一瞬だけ垣間見た、ブランが纏っていた稲妻だろう。その拳の破壊力を増す効果を持ったスキルであるはずだ。でなければ、流石にダンジョンキューブを素手で破壊するなどという芸当ができるはずがない。

そして残りの二つ。『反転』と『従者ＬＶ10』に至ってはどんなスキルなのか全くわからない。

つまりは今までオウルが目にした以上の情報はほとんど得られていないということだった。

「オウル、気をつけてください！」

ブランの後ろから、フローロが警告の言葉を発する。

「ブランは、」

その言葉が終わるより早く、迸る稲妻を伴った神速の踏み込みがオウルを襲った。

シャン、と金属の擦れる音が鳴り、ブランの足元に火花が飛び散る。

「……あら。武技は使わないタイプだとお聞きしていましたが」

己の鼻先、紙一枚程度の距離に突きつけられた剣を見つめて、ブランは言った。オウルがその分厚いローブの内側に隠し、抜き放った剣だ。

あの速さから止まれるのか、とオウルは内心舌を巻く。魔術師相手に真っ先に距離を詰めるのは定石中の定石だ。それはこの世界でも変わらない。だからこそ、サルナークの『剣技』スキルを借り受けてまで、不意を打って剣を抜いた。雷光の速さで動けるならば、小回りは利かないだろうと予測してのことだ。

だがブランは、地面の敷物に焦げ跡を残しつつも止まってみせた。高レベルの『拳技』が為せる技か、それとも『雷身』スキルが稲妻の如き速さで自由自在の足取りを為しうるものなのか。後者であれば厄介どころの話ではない。

「まあな」

答えつつ、オウルはローブの裾から袋の口を取り出す。途端、無数の蠍蜂が『突進』のスキルでブランに向かって飛来した。

パン、と音が一度だけ鳴る。いや、鳴ったようにオウルには聞こえた。だが、実際には一度ではないはずだ。そうでなくては、二十六匹の蠍蜂が全て殴り潰されている説明がつかない。拳が音より早く動いたがゆえに、一度しか聞こえなかったと判断すべきだろう。

その蜂の群れに隠れるようにして、オウルは短刀を投げはなっていた。ブランはそれをも拳で殴り壊そうとして、ピタリと腕を止める。そして素早くそこに身をひねり、それをかわした。手のひらにすっぽりと収まってしまう程度の小さな短刀が、ブランの背後のテーブルに突き刺さり、それを粉々に破砕する。

「『鉄の腕』……ですか」

「勘のいい奴め」

オウルはブランを剣で牽制しながら舌打ちする。今のが当たっていれば勝負は決まっていたはずだが、その一方で高い可能性で避けられるだろうとも考えていた。

ブランの本当の強さ。それは、『スキル』を用いた戦闘に極めて慣れているということだ。相手が不審な動きをすればそれを高い精度で見抜き、どのようなスキルを使っているかをほとんど無意識的に推察する。サルナークに最も足りなかった物を、高いレベルで持ち合わせているということだ。

故に、オウルは早い段階で『鉄の腕』を見せた。防御的なスキルを持ち合わせないブランにとって『鉄の腕』は脅威的なスキルであるはずだ。一撃でも喰らえばそれだけで戦闘不能な傷を負う可能性が高い。ブランはそれを警戒し、積極的な攻撃ができなくなる。

——そう読んでいたオウルに、ブランは躊躇わずに踏み込んだ。慌ててそれに合わせ剣を振るうが、ブランは体勢を低く屈めてそれをかわしつつ、オウルの胸元に拳を叩き込む。

ドン、と衝撃音が二つ。オウルの身体はボールのように跳ね跳んで、背後の壁に激突した。

「……油断も隙もありませんね」

痛みに顔をしかめつつ、ブランはロングスカートの裾をはたく。そこから伸びた長い尾が、オウルの放った小石を受け止めへし折れていた。

それはラディコが生やしているような、毛の生えた獣のような尾ではない。蛇のような……否。それを示すもっと相応しい生き物の名を、オウルは知っていた。

「竜、か」

「あら、ご存知ではなかったのですか」

ブランは髪をかきあげ、側頭部に生えた長い角を指でなぞる。

「そうです、オウル！　鱗族は魔族の中でも最も強靭な力を持つ一族……竜の因子を持った魔族です！　気をつけてください！」

「言うのが遅すぎるわ」

ごほ、と血を吐き出しながら、オウルは立ち上がる。

「手応えが妙でしたね。何か防御スキルでも？」

「悪いがこれは自前の魔術だ」

正確に言えばそれは魔術ではなく魔道具。この世界に来たときから着ている、ローブのおかげだ。見た目はただの布にしか見えないが、外部からの攻撃に対しては鋼の鎧よりも高い防御性能を誇る。これを着ていなければ今の一撃で即死だっただろう。オウルはそれを織り上げた、第一の使い魔に感謝を捧げた。

同時に、やはりスキルなどというものは信用できんな、とオウルは内心で呟く。先程の一撃、恐らくユニスであれば剣の腕前が今のオウルと同等だったとしても避けていたはずだ。『剣技』スキルで得られるのは剣の振るい方のみ。相手がどのような攻撃を仕掛けてくるかの『読み』や反射神経、身体能力までは得られない。

だがそれでも、尾は潰した。先程の急制動は恐らく尾を使ったものだ。その証拠に、敷物に残った焦げ跡は一本のみだった。つまりは両の足だけでは、あの速度で動きつつ急停止はできない。

「そは映したる陰影、虹梁（こうりょう）の檻、穿ち、彷徨い、主たる王、一つ巡りて時を切る。二つふたかた石を踏み、三つみまごうばかりなり……」

唐突に呪文を唱えだすオウルに、ブランは動きを止めた。『スキル』に呪文を使うようなものはない。だからこそ、ブランにオウルの行動は予測できない。だが、歴戦の戦士であろうブランのス

キル予測はもはや無意識の域にまで高まっている。予測できないからと言って、簡単に打ち切れるものではない。結果として、ブランは三呼吸分の時間をオウルに許した。

「くっ……！」

ブランの腕に雷光が集まる。それを集めるのに更に一呼吸。その刹那、オウルは叫んだ。

「ラディコ、今だ！」

その視線を追い、ブランは後ろを振り返る。ラディコがもともと持っていた『鉄の腕』と、ブランが与えた『銀の腕』。オウルが持っているのがどちらであろうと、即死性のスキルがもう一つ存在している。

オウルが壁を操り入り口を作って入ってきたのなら、壁、床、天井、全ての方向からの奇襲がありうる。ブランは常にそれを警戒して戦っていた。だから、その時も完璧に反応した。

オウルの視線の先だけでなく、研ぎ澄ました感覚が全方位からの攻撃に備える。勿論、オウル自身の攻撃に対してもだ。

だが、ブランは根本的な部分を読み違えていた。ダンジョンの壁を操作する魔術というのはその見た目に対して非常に高度なものである。

地中には様々な圧力がかかっている。天井を支えるために必要な壁の厚みというものがある。石には剛性があり、変化させても崩壊しない速度がある。そういった諸々を完全に解析、計算しつつ縦横無尽に壁を操作する迷宮魔術は、オウルだからこそ生み出せた彼の研究の真髄そのもの。つまりは――

オウルにはもう、そのような魔力など残されてはいなかった。

ありとあらゆる攻撃を想定していたブランの横を、オウルがよろよろと通り過ぎていく。そしてフローロを抱きかかえ、軽く手をふった。

「ではな」

神速の突き。それがオウルの胸を貫く寸前に、彼の姿はかき消えた。

転移魔術によって。

5

転移した先は、四方二メートル程度の小さな小さな部屋だった。

「大丈夫ですか、オウル⁉」

「ああ」

縋り付くようにしてフローロが尋ねてくるが、正直に言って全く大丈夫ではない。魔力はほとんど空になりかけていて目眩がするし、強化魔術をかけて無理に動かした身体は全身が引きつりそうに痛んでいる。ブランに打たれた胸は骨の一、二本は折れていそうだ。

だが、オウルはそれをおくびにも出さずに頷いた。少なくとも身体は動くのだから支障はない。

「お前こそ、無事で何よりだ」

最悪既に殺されている可能性すら考えていたが、フローロは思ったよりもずっと元気そうであった。むしろ髪を整えられ、服を立派なものに変えられて、ブランに連れて行かれる前よりもよほど健康に見える。

「ありがとうございます、オウ――んっ」

礼を述べるフローロの唇を、多少強引に奪う。

「えへへ……オウル……」

それだけで、あっという間にフローロのスイッチが入った。

「全力でやれ」

「全力で……ですか？」

フローロの身体を抱き寄せ睦言のように囁くオウルに、フローロは戸惑うように問い返す。

「ああ。できる限りだ」

「……わかりました。んっ……あっ……あぁっ！」

頷いた途端に胸を鷲掴みにされ、フローロはそれだけで絶頂に達して高く鳴く。

「オウル……オウルの、お口でしたいです……」

「駄目だ。今は我慢しろ」

「ひぅっ！」

舌を突き出し懇願するフローロの股間に指を這わせれば、それだけで彼女はたやすく絶頂に達した。

「我慢、なん、てぇ……」

「気をやるのは我慢する必要はないぞ」

「はぁぁんっ！」

フローロをぐいと壁に押し付けるようにして腰を掴み、下着を少しずらしていきなりずぶりと挿入する。

「オウル、いつもと……っ、違います……っ！」

するとフローロはどこか怯えたようにそう言った。

「違う？」

「いつもより、なんだかっ……乱暴で……強引で……」

それはそうだろう、と思う。理由があってこうしているのだ。多少性急になっている自覚はあったが致し方ないことだった。

「それが……なんだか……」

だが本当に理由はそれだけだろうか、とオウルは考え直した。言われてみれば、いつもより興奮している気がする。それは恐らく、戦闘の直後だからだろう。直接命を削り合い、傷を負い、確かにオウルの雄は興奮していた。

まるで煮えたぎった油のような、破壊的な衝動にも似た性的欲求。

「怖いか」

「いいえ。そんなオウルも、なんだか素敵だなって……」

そこに、フローロが火を投げ入れた。

「ひあぁぁあんっ！」

ずん、と叩きつけるような抽送に、フローロは高く嬌声を上げる。

「あぁっ……！　オウ、ルぅ……っ！　だめ、ですう……！」

服の裾から入り込んでくる男の腕にフローロは身を捩る。しかしオウルにとっては、それはかえって侵入を促しているようにしか思えなかった。

「ひあぁんっ！」

両の手で後ろからたわわな果実を鷲掴みにすると、もにゅりと歪む柔らかな手触りの中、ピンと硬く尖った感触が手のひらに当たる。それを押しつぶすように揉み上げながらパンパンとリズミカルに腰を打ち付ければ、たちまちフローロの身体は力を失ってその場に崩れ落ちそうになった。

「はあ……んっ……！　こんな、格好、恥ずかし……あぁっ！」

ふにゃふにゃになったフローロの太ももの下に腕を通し、抱えあげるようにしながら下から突き上げる。それはまるで幼子の排泄を手伝うかのような姿勢だったが、その秘裂にずっぽりと突き刺さった男根と、それを伝うたっぷりとした愛液は体勢とは裏腹にこの上なく淫靡な光景だった。

「あんっ！　や、ぁんっ！　は、あぁぁんっ！」

一突きごとに絶頂を繰り返すフローロの身体にはもはや一片たりとも力は入らず、ただなされるがままに持ち上げられ、犯される。太ももと乳房に這わされた男の指が柔らかな肉に沈み込んで、生々しく歪ませた。

「オウ、ルぅ……！　ちゅー……したい、ですぅ……っ！　オウルと、ちゅぅ……あかちゃん……つくりたいからぁ……っ！」

まるで玩具のように穴を使われながらも、フローロはそうしきりにねだる。受精の仕組みはそうではないと教えたはずだが、快楽で頭から抜け落ちているらしい。

オウルはフローロと繋がったまま、彼女の身体をぐるりと反転させる。

「あっ、んっ、むっ……ちゅっ……！　んんっ……！　オウ、ルぅ……っ！　きもち、いぃっ……！　ふぁっ、んっ……！　んっ、んんっ……！」

顔を近づけるとフローロは吸い付くように唇を重ね、濃密に舌を絡ませる。オウルはそれに答えながらフローロの太ももを抱えあげ、コツコツと彼女の子宮口をノックするように突き上げた。

「だ、めぇっ、オウ、ルっ……！　わた、も、だ……めぇっ……！　へんに、なっちゃ、ますぅ……っ！　ひあぁぁんっ……！」

「ああ。なれ」

フローロの背を壁に押し付けるようにしながら、そのたっぷりとした乳房を両手で掴み、突き上

げる。

「あぁっ！　すごいっ……！　オウルぅっ……！　素敵ですっ……！　それ、すきぃっ……！」

荒々しく突き入れながら、指の跡が残るほどの力で乳房を掴む。反り返った雄にずっぷりと貫かれた秘裂からボタボタと愛液が滴って、床を汚す。ピンと硬く張り詰めた乳首をコリッと歯で甘く噛む。

「んあぁぁっ！」

痛みに近いだろうそんな刺激にさえ、フローロは気をやって背を大きく反らした。まるでオウルに胸を差し出すようなその体勢に、彼は容赦なく乳房を攻め立てる。

「あぁっ……！　おっぱいっ……！　きもち、いいっ……！　で、すぅ……っ！」

先端を指で強く摘みひねり上げるようにしてやると、フローロは悦びの声をあげながらきゅうっと膣口を締め付けた。

「出す……ぞ……！」

「はい……っ！　きてくださいっ……！」

普段大人しく、生真面目で清楚な娘が見せる淫らな痴態。豊満な胸を力任せに引っ張られ、なお悦ぶその様にオウルもまた限界に達し、ぐりっと腰を押し付ける。

「ひぅっ！　あ、あ、きてるっ……！　オウルの、熱いせーえきっ……！　おなかのなか、たくさんはいってきてますぅぅっ……！」

どくどくと迸り、強い勢いで子宮を叩く白濁の奔流に、フローロは足をピンと伸ばして深く絶頂する。オウルはそんな彼女に容赦せず、精液を流し込みながらも更に腰を叩きつけるようにして責め立てる。

「はっ……！　ぅうっ……！　ずっとっ……っ！　イって……っ！　るのにぃいっ……！　そんなっ……！　あぁっ！　オウっ、ルぅっ……！」

それ以上の動きを止めるかのようにフローロはオウルに両手両足で抱きつきながら、もう一度唇をオウルのそこに重ね合わせる。だがそれは、かえって己の奥底にオウルの男根を迎え入れたに過ぎなかった。

「〜〜〜〜〜〜〜〜〜〜っ!!」

唇を塞がれ、肌を密着させ、奥の奥に精液を吐き出されて、脳が焼ききれんばかりの快楽がフローロを襲う。チカチカと視界が明滅し、身体中がガクガクと痙攣する。膣内が、視界が、意識が、白く白く塗りつぶされていく。

そしてその全てが純白に染まったかと思えば、彼女はぷつりと意識を失った。

＊　＊　＊

「あれ……オウル……」

「気がついたか」

目を覚ますと、フローロはオウルの背中に背負われていた。

「私……」

「あれだけ気をやっておいて、よくこれほど早く目覚めるものだ。お前が気絶してからまだ数分と経っておらんぞ」

言いつつもオウルはしゃがみ込んで何やら作業をしているらしく、彼の手元からはカチャカチャと金属が擦れ合う音が聞こえてきていた。

「何をしているんですか？」

「魔力が尽きてしまったものでな。本職ではないが、手慰みに覚えたことがあるのだ」

オウルが手にしているのは二本の金属棒だ。同じものをつい最近、フローロも目にしたことがある。それは、耳掻きだった。

「耳掻きで何を……？」

「他に手頃な道具がなかったのでな。だが存外使い勝手は悪くない。この程度であれば……うむ。開いたぞ」

カチリと音がして、オウルの目の前の壁が動く。否、それは扉であった。オウルが耳掻きを差し込んでいたのは、その扉の錠前だ。対となる鍵を使わなければ開かないはずのもの。それを一体どうやったのか、オウルは耳掻きで開けてみせたのだった。

「あの、オウル。私、自分で歩けますから」

「そうか」

開く扉を前に、フローロはオウルの背から降りた。フラつく様子もなく自分の足でしっかりと立つフローロに、オウルは感心する。

「本当にお前は何というか、タフだな。確かに全力で術をかけていたであろうに」

「え？　あ、はい。そうですね。すごく……気持ちよかったです……」

「だろうな」

気絶する前のことを思い出したのか、フローロのスイッチが入りかける。オウルはぎゅっと胸元を押さえる彼女の頭をぽんと軽く叩き、正気に戻した。

「お前の魔力の出力量からすれば、常時の百倍から二百倍と言ったところか。そんな感度で犯され続ければ……」

オウルは扉を完全に開き、その先を指し示す。

「ああなるのが自然であろうにな」

そこには、イき果てて床に横たわるブランの姿があった。

6

「ブランが……どうして？」

「スキルというのは常時影響するものと、オンオフを切り替えられるものがあるそうだな」

ひょいと、オウルはブランの身体を抱き起こす。それを可能にする『鉄の腕』もそういったスキルの一つだ。

「スキルのオンオフとは、うっかり切り替えられるようなものではないとナギアが言っていた。実際に使ってみれば確かにその通り。オンにするにもオフにするにもある程度の集中が必要だ」

そしてブランをベッドに寝かせると、オウルは彼女の手足に枷をつけて拘束した。オウルが縛られていたものと同様のものだ。

「はい……でも、それがどうしましたか？」

「内通者はナギアではない。お前だ、フローロ」

くるりと振り向くオウルの言葉に、フローロは目を見開く。

「そ……そうだったんですか……!?」

そして、驚愕とともにそう叫んだ。

「ああ。と言っても勿論、お前が自覚的に情報を流していたわけではない。その『支配者の瞳』の効果だ」

「でも、オウルが調べた中には瞳の効果を受けてるものはいないって……それに、あれ？　私自身が、私の視界を見てたってことですか？　ん？」

混乱してきたらしく、フローロは頭を抱えるようにして首をひねる。

「瞳の効果を受けていたのはブランの方だ。こいつの主人はお前に設定されている」

それは『鑑定』で目にした中で、唯一と言っていい有益な情報であった。

「そしてその効力を逆転させるスキルも持っている。恐らくは『反転』という名のスキルがそれだろう。故に、お前には『支配者の瞳』の効力はかかっていないが、ブランはお前の視界を盗み見ることができたというわけだ」

それもまた『鑑定』で目にした情報ではあったが、その存在そのものはもともと予測していたものだ。ナギアから得た情報にしては、あまりにも対処が的確だったからだ。他に情報源がいるとするなら、フローロでしかありえない。

「……じゃあ、ブランが倒れてるのって」

「お前が感じた快感を、こいつも感じたからだ」

『支配者の瞳』はその名前とは裏腹に、視界以外のあらゆる感覚をも共有するスキルだ。フローロを連れて転移したオウルの行き先を探るため、ブランは当然そのスキルを用いてフローロの認識を共有した。

その瞬間を突いて、オウルはフローロに感度を上昇させる魔術を使わせ、絶頂させたのだ。かなり強引に責めたのもスキルをオフにするような猶予は与えないため。なぜかやけにタフなフローロは普通に喘いでいたが、普通の女であれば最初の絶頂で気絶していてもおかしくない。それほどの責めであった。

「さて、とはいえこのまま寝こけていられても困るからな。……起きよ」

オウルがブランの頭に手を当て告げると、パチリと弾けるような音が鳴る。次の瞬間ブランは跳ね起きて、拳を構えようとし枷に足を取られてすっ転んだ。

「勝負はついた。大人しく認めろ」

「いいえ！　いいえ、認めません……あのような手段で！」

キッと鋭い視線でオウルを睨みつけるブラン。だが勢いよく転んだものだから枷が絡まり、芋虫のように地面に這いつくばった姿勢のままでは威厳も何もあったものではなかった。

「何の話ですか？」

一人彼らの会話についていけず、フローロは首を傾げる。

「何のことはない」

オウルは嘆息し、ブランを見やった。

「そもそもこいつはお前を殺すつもりなど更々なかったのだ。俺はただ試されただけ。……お前を王にする能力を本当に持っているかどうかをな」

「……別にそこまでは求めておりません」

その説明に、不服そうにブラン。

「私が試したのは、ただこの中層での私の立場を盤石にするまでの間、フローロ様をお守りするにないか？」

「過程はどうあれ俺はこうしてお前を下して立っている。それで十分その証明になるのではないか？」

相応しい存在であるかどうかだけです」

「なるわけがないでしょう⁉」

ブランがこれほど声を荒らげる場面を、フローロは初めて目にした。

「姫様にあのような不埒な真似をした相手を、どうして認められるとお思いですか……！」

至極もっともな意見であった。

「待ってください、ブラン。それについてオウルを責める必要はありません」

「いいえ！　失礼ながら姫様はご自身が失ったものを理解しておられないのです」

苛立たしげに竜の尾を振り、ブランは言う。

「『支配者の瞳』さえ抜け落ちていなければ、そのようなことはさせなかったのに……！」

悔しげに歯を食いしばるブラン。そういえば初めてフローロを抱いたときには『支配者の瞳』はサルナークに奪われた状態だったか、とオウルは思い出す。

フローロが最下層などというどう考えても治安の悪い場所に送られていたのも、いざとなればそれを用いて守ることができると思ってのことだったのだろう。まさか彼女がそれを自ら手放すなどということがあるとは思いもせずに。

「いいえ、ブラン」

しかしフローロは毅然とした態度でブランに告げる。

「私はちゃんと理解しています。そしてその上で言っているのです」

ブランは不思議そうな表情で、フローロを見上げた。

「オウルは私の夫です。ですから、私に対して何をしても不遜には当たりません」

「なっ……！」

そのあまりの衝撃にブランは目を見開き、絶句する。

「待て……夫とは何だ⁉」

そしてその衝撃は、オウルも味わっていた。全く覚えのない話だったからだ。

「異世界からきたオウルが知らないのも無理はありません」

慈しむような笑みを見せ、フローロは答える。

「共に子を育み、互いに支え合う男女を、この世界では夫婦と呼ぶのです」

知っておるわ‼

思わずそう怒鳴りたくなる衝動を、オウルはかろうじて押さえた。最初にフローロを抱いた時。キスで赤子ができると思っていた彼女に、生殖とは何か、どうすれば子ができるのかを教えて。

結局、そもそも『オウルはフローロとの子を欲しがっている』という勘違いを正し忘れていたことを、たった今思い出したからだ。

子作りそのものの正しい方法を教えても、その行為そのものはしていたのだからその勘違いが止されるはずもない。実際にはオウルほどの魔術師ともなれば誤って命中させてしまうことなどまずないのだが、そんなことまでフローロが知る由もなかった。

「そう……だったの、ですか……？」

「ええ」

呆然と尋ねるブランに、フローロはオウルの腕を抱いてみせる。

「私は私の全てをオウルに差し出し、オウルはそれを受け取って、私を支え魔王へと導くことを誓い、そして私の子を望みました。私たちの関係が夫婦でなくして、何だというのでしょうか？」

確かにそうだが……！　と、オウルは内心で呻く。だがその大半は、ただ必要性によって迫られたものだ。

「その男が、フローロ様を愛していると……？」

「ブランも経験したのでしょう？　愛していなければ、あのような情熱的なキスができるでしょうか」

そんな馬鹿な理屈で説得されないでくれ。半ば祈るような思いでオウルはブランに念を送る。

「……それは……確かに……」

だがブランはぽっと頬を染め、視線を逸らした。その記憶があるということは、どうやら思ったよりもだいぶ快楽に耐えていたらしい。

「——ですが、フローロ様。フローロ様はどうなのですか？」

「私ですか？」

ブランの問いに、フローロはまるで思ってもみない問いをされたかのようにきょとんとした。

「はい。フローロ様が意に沿わぬ相手を夫にするというなら、このブラン、けしてそれは看過できません。たとえ……大願を果たすためであったとしても」

「ブラン……」

真剣な眼差しを向けるブランに、フローロは感じ入ったように見つめる。

そしてくすりと笑い、答えた。

「勿論、私もオウルのことを愛しています」

ぎゅっとオウルの腕を抱きしめ、屈託のない笑顔でそう言い切る。

「私が何者であるかを知る前から……どことも知らぬ地で、オウルは己の身を顧みることなく私を助けてくれました。彼のことを私は誰よりも信じ、愛しています」

そのあまりにもひたむきな告白に、オウルは腹を決めた。

「……まあ、そういうことだ。ブラン、お前はいかにする」

ぐっと抱かれた腕ごとフローロを抱き寄せて、オウルはブランにそう尋ねる。

「枷を……解いて頂けますでしょうか」

静かにそう頼むブランの枷を解いてやると、彼女は二人の前に改めて跪き、頭を垂れる。

「……正直まだ、私はあなたを認めるわけには参りません」

「ブラン！」

この期に及んでそう言うブランに食ってかかろうとするフローロを、オウルは押し止める。

「あなたが真に姫様を任せるに足る方かどうか……お傍で見定めさせて頂きます。それでよろしいでしょうか」

「ああ、そうしてくれ」

それが最大限の譲歩であったのだろう。ブランに、オウルは鷹揚に頷いた。

エピローグ

「ブラン様⁉」

オウル、フローロの後ろを歩くブランの姿に、ユウェロイは目を見開いた。それが指し示すところは唯一つだ。

「ほう」

そして縛られたユウェロイを見て、オウルは感心したような声を漏らす。

「勝てたか」

「当然だ」

短い、しかし誇らしげな声でサルナークは答えた。本人には五分と伝えていたが、実際の所オウルとしては彼がユウェロイに勝つ可能性は高くて三割程度であると考えていた。勝てずとも、オウルがブランを相手取っている間の時間稼ぎさえできればいい。守りに徹したなら、サルナークの能力は時間稼ぎにはもってこいのものだからだ。

だが無論、勝って困ることは一つもない。オウルは己の中でサルナークの評価を少しだけ上昇させた。

「オウル様、ご無事ですか⁉」

ローブが焼け焦げ擦り切れた姿を目にして、ナギアが慌ててオウルに駆け寄る。

「大事ない。魔力を補充してしばらく休めば治る」

そのローブには自己修復機能が仕込んであるし、オウル自身の肉体も同様だ。

「ってことは、しっぽり補充しなきゃですね、オウルサマ」

「交尾⁉　また交尾するのお⁉」

フォリオとラディコがオウルの両腕を取って、嬉しげにそんなことを言う。

「フォリオ……！　この裏切り者が！」

「いやあ、やっぱり勝てませんでしたよ。ごめんなさいね、ユウェロイサマ」

烈火の如く怒り狂うユウェロイに対し、フォリオは軽い口調でそう答えた。

「貴様ぁ……！　よくも私にそんな口を……！」

「ブラン、説得しておいてください」

「かしこまりました姫様」

怒鳴り散らすユウェロイを、ブランはずるずると引きずっていく。

「あースッとした」

その様子を見て、ケラケラと笑いながらフォリオ。主人に対する不満がよほど溜まっていたらしい。

「ナギア。『鑑定』と『鉄の腕』、『剣技』を返す。取り出してくれるか」

「『鉄の腕』はそのままでいいんじゃないですか？　ラディは『銀の腕』持ってますし」

オウルの胸の中からスキルの結晶を取り出すナギアの横から、フォリオがそう尋ねた。

「いや、不要だ。やはり俺にはこのスキルとやらは馴染まん。それに……」

抜き出された結晶を、オウルはじっと見つめる。スキルごとに結晶は色も形も違う。スキルに詳しいものなら、結晶を見るだけでどんなスキルなのか予測することもできるのだという。

「下位のスキルを持っていることが全くの無駄とは限らん」

「そうなんですか？」

首を傾げるフォリオに、「確証はないがな」とオウルは答える。

「まあオウルサマがそう仰るなら……はい、ラディ」

「わーい」

フォリオが差し出した『鉄の腕』を、ラディコが飛びつくようにパクリと咥えた。

「『スキルを育てるスキル』なんてのが本当にあったら良かったんですけどね」

フォリオは深く溜息をついた。結局、ブランがそれを持っているという噂は根も葉もないものであった。『銀の腕』にしてもラディコの『鉄の腕』を強化したわけではなく、ただ別口で持っていただけだ。

「もし見つけたら教えてくださいね、オウルサマ」

「覚えておこう」

なぜ、と問うことをオウルはあえてせずに頷いた。そんなスキルがあれば確かに便利だろう。だが恐らくフォリオがそれを欲しているのはそのような単純な理由ではない。それを察したからだ。

「ではブラン様が部屋を用意してくださったそうですので、お支度をしてまいりますわね。フォリオ様、ラディコ様、サルナーク様、お手伝いをお願いしてもよろしいでしょうか？」

「あぁ？　なんでオレがンなことを……」

「まあまあ。男手があった方が助かるしさ」

「ボクも頑張ってお手伝いするよお！」

何か気を利かせたのか、ナギアたちはそう言って部屋を出ていく。残されたフローロはオウルの隣にぽすんと座って、えへへと笑った。

「怪我の調子はどうですか、オウル？」

「魔力そのものは十分に補充してある。後はこれを消化すれば簡単に治る程度の傷だ」

そう答えながらも、思い出させるなとオウルは顔をしかめた。何しろ魔力が足りないものだから、痛みを止めるような術すら使うのが惜しい。これほど節約して暮らすのは一体何十年ぶりだろうか、とオウルは考えた。

「助けに来てくれて、嬉しかったです」

「お前だって俺がサルナークに捕まった時、助けに来ただろう」

「あれは、オウルは自力で抜け出せる状態だったじゃないですか」

こてん、と首をオウルの肩にもたれさせ、フローロは問う。

「ねえ、オウル。一つ、聞いてもいいでしょうか」

オウルは答えなかったが、それをフローロは肯定と取った。

「なんでオウルは、私を助けてくれるんですか？」

「夫たるもの、妻を助けるのは当然だろう？」

「そんなのは私が勝手に言ってるだけじゃないですか」

自覚があったのか、とオウルは驚いた。

「それにオウルが私を助けてくれると決めたのは、私が自分を差し出すよりも前。あの時、そんな条件を出すより先に、オウルは私に手を貸してくれることを決めていましたよね？」

「……なるほど」

どうやらフローロの見方を変えねばならないようだ、とオウルは独りごちる。彼女は思っていた以上に聡いようだ。

「お前、それがわかっていながら全てを差し出したのか」

「そうするだけの価値があると思ったからです」

一歩間違えば愚かと呼ばれるほどの、度胸と決断力。存外こいつはよい王になるかもしれぬ、とオウルは思う。

「聞かせてください。なぜ、オウルは私を助けてくれたんですか？」

「構わんが……なぜ今更そんなことを聞く？」

それは純粋な疑問であった。オウルに隠された目的があるとして、それがフローロにとって邪魔になることであれば今聞いたところで教えるはずもなく、そうでないならば初めに聞けばいいだけのことだ。

「特に理由はないですね」

とぼけているのか、それとも素で言っているのか。判断のつかない表情で、フローロ。

「ただ、好きな人のことは知りたいじゃないですか。私、オウルのことを何も知らないなって思って」

だが続く言葉に、オウルは渋面を作った。

「こ、告白したのにその顔はなんですか！」

「いや……」

狙ってやっているのなら恐ろしいし、狙っていないならばそれはそれで厄介だ。

「……お前が目指しているのが、魔王だからだ」

「どういうことですか？」

オウルの言葉に、フローロは首を傾げる。

「一目惚れだったとか、健気な私のことが可哀想になったとか、元の世界の恋人に似てたからとかじゃなくてですか？」

「そんなわけがあるか」

「ではなぜ？」

一体どこからそんな発想が出てくるのだ、と思いつつも、オウルは続ける。

「俺も元の世界では、魔王と呼ばれていた。だからだ」

「……そんな理由で？」

フローロは目を瞬かせた。同じ魔王繋がり。確かにフローロが最初にオウルを助けたのも、自分と似たような境遇だと思ったからだ。しかしフローロと違って、オウルがそんな甘い理由で手を貸すとはとても思えなかった。

「……いえ、待ってください」

だが、フローロはにわかに気づく。

「オウルも、魔王と呼ばれていたんですか？」

「ああ、その通りだ」

頷く彼に、フローロは目を見開いた。

魔族を一切差別せず、フローロでもナギアでも抱く彼。魔を統べる王に相応しい存在であるだろう。人間でありながら、魔族の自分よりもよほど向いているのではないか。フローロはそう思った。

「なんで……？」

「わからん」

正しく問いを発するフローロに、オウルは首を横に振る。

「ただの偶然かもしれぬ。だがあまりに不自然だ。故に、元の世界に戻るのならば、そこに鍵があると、俺は思う。それがお前に手を貸す理由だ」

魔王。

全く異なる言語体系を持つ世界からやってきたオウルの言葉の中で。

その称号を指す語だけが、この世界の言葉と全く同じ響きを有していた。

Ex Step　あらゆるものを裏切りましょう

「んっ……ふ……っ……」

その長い尾をピッタリと壁に押し付けて張り付きながら、ナギアは喉の奥から漏れ出しそうになる声を押し殺す。

その壁の向こうでは、オウルが捕らえたラディコを籠絡している真っ最中であった。一体何をどうやったのか、ラディコは敵であるはずのオウルに身を委ね、秘所に触れられて喘ぎ声を上げている。そしてナギアはそれを盗み見ながら、同じように己のそこに指を伸ばしていた。

「いやあ……中がいいのお……んぅっ！」

ラディコの甘い声に、疼きが走る。オウルのゴツゴツとした指の感触を想像しながら、ナギアは腰……人の身体と蛇の身体の境目を隠す布の下へ手を潜め、そこにある割れ目をなぞった。

「っ……は、ぁ……っ」

オウルの脚の間にはフローロが蹲るようにして、彼の反り立った肉塊をぱっくりと口に咥え込んでいる。それを穴の空くほどに見つめながら、ナギアは無意識にチロリと舌を伸ばした。

フローロの唾液に濡れた肉棒はぬらぬらと輝き、張り詰めるように血管の筋を太く浮かせながら硬く反り返っている。触れればどんな感触がするのか。どんな味がするのか。フローロの口内に収まったその全容はどれほど大きいのか。

そんなことを想像しながら、ナギアは先端の割れた長い舌をチロチロと動かす。

「は……あんっ……あぁっ……くぅん……きもち、いいよぉ……」

オウルの空いた片手が、ラディコの薄い胸を弄ぶ。それを見つめながらナギアは思わず己の胸へと手を伸ばし、その差に目を細めた。

(オウル様は……小さい胸の方がお好きなのかしら……)

大きく張り出した己の乳房。それを、ナギアはあまり好きではなかった。

尾族の瞳は温度を見分けることができる。故に、男たちがその下卑た視線をナギアの胸に走らせ、興奮して体温を僅かに上昇させる様子がはっきりとわかってしまうのだ。

そして同時に、悍ましい蛇の下半身に目を向けて体温が下がることも。

しかしオウルは、ナギアの上半身にも下半身にもそのような目を向けてこない。魔族に対する嫌悪感を持っていないのは喜ぶべきことだが、同時に魅力も感じていないということなのではないか。

今オウルによって愛撫されているラディコはまるで子供のような外見をしているし、フローロもどちらかというと幼い印象がある。ナギアのような豊満な肉体は好まないのかもしれない。

「フローロ……胸も、使え……」

そう思った矢先にオウルがそう命じて、ナギアは思わず部屋を覗き込んで目を大きく見開いた。

彼女のそれよりも豊かな双丘を両手で持ち上げ、フローロはあろうことかそれでオウルの男根を挟み込んだのだ。

未経験とは言え、ナギアの性知識は深い。商人という職業柄多くの相手と関わり、またその身体を用いて男を誘惑するのに無知ではやっていけないからだ。

しかしフローロが行っているのは、そんなナギアの知識にもない行為であった。性行為などというものは、性器同士で行うものだ。胸に精を放ったところで子ができるわけでもない。乳房というのは手で押しつぶしてその柔らかさを楽しみ、多少倒錯した使い方として赤子のように乳首を吸う。それがナギアの認識だった。

だがフローロは当たり前のように胸を上下に動かしてオウルの逸物を擦り上げ、更にその先端を口に咥え込んだ。

その行為を最初に見たとき、ナギアは凄まじい衝撃を受けたものだった。男性器が排泄にも使われる器官であることくらいは、経験のない彼女であろうとよく知っている。それを口に含むなどというのは、酷く不潔で屈辱的な行為だ。

だが、そうするフローロの表情にはそういった嫌悪感や抵抗など微塵も存在しなかった。うっとりとした表情でオウルの剛直を見つめ、まるで愛し子を慈しむかのような仕草でそれを舐めしゃぶり、舌を這わせている。

その淫靡極まりない光景に、ナギアは身体を震わせた。知らず知らずのうちに片手が胸元へと伸び、己の柔肉を掴んでその先端の強張りを指先がきゅっと摘み上げる。同時にもう片方の手が、秘所の敏感な部分をなぞりながら穴の入り口を確かめる。

欲しい。ナギアがそう自覚すると、その劣情はまるで炎のように彼女の全身を焼いた。あの黒光りし雄々しくそそり立つ肉塊をこのだらしなく膨らんだ乳肉に突き立て、挟み込み、蹂躙して欲しい。

そしてその後はこの忌まわしい蛇の身体を抱き寄せ、誰も触れようとしてこなかった純潔を、奪い去って欲しい――そうナギアが願うほどにそこは潤みを帯びてしとどに濡れそぼり、彼女のほっそりとした指先にかき回されてくちゅくちゅと淫猥な音を立てる。

「んっ……じゅぷっ……ちゅ、ちゅるる……ちゅぷ、ちゅっ……」

「は……あんっ……あぁっ……くぅん……きもち、いいよお……」

「くっ……う……ぐ、ぅ……っ……ふ、うぅ……ぐぅっ……」

それに伴ってオウルたちの行為にも熱が入り、激しくなってきていた。発情しきったラディコの甘い声とフローロの立てるいやらしい水音、そして何より低く押し殺したようなオウルの呻き声が、ナギアの脳髄をこれでもかと揺らしていく。

「は、ぁ……っ……！　んっ……ふ、ぅっ……！」

殺しきれない嬌声が、ナギアの口からも漏れる。しかしそれに頓着するような余裕はもはや彼女にも残っていなかった。オウルのゴツゴツとした指の感触を想像しながら自分の胸を揉みしだき、寄り添ったときの胸板の厚さを思い描いて尾をくねらせ、フローロが咥え込んだ肉槍の硬さを思いながらよだれを垂らす秘裂を慰める。

「ひあっ……！　～～～～っ‼」

そしてラディコが悲鳴のような嬌声を上げ、身体を震わせるのと同時にナギアもまた絶頂に達した。

こくり、こくりと喉を鳴らして何かを嚥下（えんげ）するフローロの姿に、オウルもまた精を吐き出しているのがわかる。

激しく上下する胸を押さえ、乱れる呼吸をなんとか整えながら。

――どんな味がするのだろう。ナギアは、そう思わずにいられなかった。

＊　＊　＊

「んっ……」

オウルたちの元を離れ、ナギアは人気のない部屋で一息ついていた。情事を終えたオウルは、ラディコから情報を引き出しにかかっていた。一体どういうスキルを使ったのかはわからないが、彼はあの一連の手管によってラディコを支配下に置いたらしい。

ナギアはそれを、ブランに報告しなければならない。

『支配者の瞳』……フローロの左目を偶然手にしたそのときから、彼女はブランの手下だ。サルナークに瞳を渡したのも、その価値を理解できなかったからではなく、ブランの指示によるものでしかない。

サルナークの奴隷であり、オウルに呪いをかけられ、ブランに支配される。だがナギアはその誰に対しても忠誠心など持っていない。そして彼らもナギアのことなど信じていないだろう。

醜い蛇の姿を持つ己に相応しい立場だ、とナギアは自嘲する。

「あぁ……」

そうしながら、彼女は秘部に指を這わす。裏切りの毒に身を埋める前に、もう少しだけでいいから夢を見ていたかった。

「ふ、ぁん……」

己を女として見てくれる人。汚らわしい肉欲からではなく、ありのままの姿を美しいと言ってくれる人。そんな相手がいたならば――

そんな、ありうるはずもない一時の熱狂に、ナギアは静かに熱狂していく。

「オウル、様……！」

彼であれば。そんな儚い想いを抱いてしまった相手の名を呟き、ナギアは一人絶頂に身を震わせる。

「何だ？」

だから耳元から低い声が響いたとき、彼女は跳ね上がらんばかりに驚いた。

「な——な、な……」

「俺たちの情事を覗きながらでは足らなかったのか？」

「気づいてらっしゃったんですの⁉」

パクパクと唇をわななかせるナギアに対し、意地の悪い笑みを浮かべるオウル。その言葉に、ナギアは絶叫した。

「当然だ。情交こそ人間がもっとも無防備となる瞬間。つまりはもっとも暗殺に向いている瞬間だ。最大限に気を払わぬ理由があるか」

それだけではない、とナギアはすぐに気づく。こうして一人で身を隠し、自慰に及んでいたナギアの元を訪れたのだ。なんらかの方法でとっくに監視されていたと考えるべきだろう。

「女の素肌を覗き見だなんて、随分いい趣味をしてらっしゃるのですね」

「馬鹿なことを言うな」

オウルは気を悪くしたらしく、ナギアにずいと詰め寄った。まあ、蛇女の自慰を覗いていたなどと揶揄(やゆ)されれば怒るのも当然だろう。

「俺は女の裸を見たいのであれば覗きなどせん。堂々と見る」

「……は？」

だが続いた言葉は、ナギアの予想だにしないものであった。

「そもそもお前は俺の言うことを何でも聞かねばならないという呪いがかかっているだろうが。肌を見たいのであれば堂々と見るし、抱きたいのであればそうする。隠れて覗く必要などない」

きっぱりとそう言ってのけるオウルに、ナギアは唇を引き結んだ。実際にそうしていないのだから、彼が言いたいことは一つだ。

「そのようなことを仰らなくとも、蛇女の身体に興味ないことなど存じておりますわ」

吐き捨てるように言うナギアに、オウルは驚いたように眉を上げる。そして、やにわに笑い声を上げた。

だがそれはナギアが予想していた嘲笑(ちょうしょう)のようなものではなく。純粋なおかしみによる、カラッとした笑いだった。

「な、何がおかしいのですか!?」

「くく。お前、存外に面白い奴だな」

更に歩みを進めて近づくオウルに、ナギアは思わず後退(ずさ)る。壁際に追い詰められた彼女の退路を塞ぐかのように腕を突くと、オウルはナギアの瞳を覗き込むように顔を寄せた。

「お前は、何も信じてはいないな。サルナークのことも、フローロのことも、俺のことも……自分自身さえ。色香を振りまき武器としながら、それすらひとかけらも信じておらぬとは」

心の内を容易(たやす)く言い当てられ、ナギアは目を見開く。全てを見透かすようなオウルの瞳から目を逸らさなければ、と思ったが、どうしても顔を動かすことができない。

「それで良い」

「……え？」

だが、あまりにも優しげな声でかけられた言葉に、ナギアは思わず声を上げた。それと同時に、先程まで感じていた重圧のようなものがふっと消え去る。

「人は必ず裏切る。全てを疑い、信じるな。それは正しい振る舞いだ。だが――」

柔らかく、穏やかなオウルの声色。

「俺だけは、お前のことを信じよう」

しかしそれはナギアにとってはなぜか、かえって恐ろしいもののように感じられた。

「そんなことを言って、わたくしを都合よく扱うつもりですの？」

「いいや」

オウルはナギアの手を取り、己の胸元に押し当てる。

「俺の力を都合よく使うのは、ナギア。お前の方だ。お前はその心のままに、全てを裏切れば良い」

それはずぶりと彼の胸の中に沈み込み、引き出されたときには紫色に輝く宝珠が収まっていた。

「そのための力を貸してやる」

己の手に収まったそのスキルを見つめ、ナギアは戸惑いを押し殺しながら問う。

「自分は裏切るな……と、お命じにはなりませんの？」

「それは不可能だ」

オウルは肩をすくめ、苦笑して答えた。

「お前が俺に誓ったのは『何でもする』というものだ。だから何かをさせることは無条件でできるが、『何かをするな』という命令に従わせることはできない」

例えば、『嘘をつくな』という命令は無効だ。『真実を言え』という命令はできるが、ナギアはそう言われたとき、口にした中に一つでも真実があれば命令に逆らったことにはならない。

勿論、サルナークにしたように大量の条項で縛ることは可能だったが、オウルはあえてそれを選ぶことはしなかった。

「故に俺は、ただお前を信じよう。お前自身さえ信じていないお前のことを」

「そのようなことを……信じろと、仰るのですか？」

信じられるわけがなかった。誰もが蔑み、不審を抱くナギアのことを信じてくれるものがいるなどと。

「そうだ。何でもすると言っただろう？」

「……ずるいですわ」

呟くように言うナギアに、オウルは笑う。嘲(あざけ)りでも、何かを企むような笑みでもなく。

それは何か——幼い子供を見るかのような、邪気のない笑いだった。

「……ああ、それとだ」

オウルはふと何かを思い出したかのように、ナギアへと手を伸ばす。

「今は時間がない。お前を抱くのはまた今度だ」

「ひゃわぁっ⁉」

そして突然その乳房を鷲掴みにした彼に、ナギアは思わず素の叫び声を上げてしまった。

「なっ……なっ……」

「ではな」

踵を返し立ち去っていくオウルの背を見ながら、ナギアは掴まれた胸元を押さえる。

それが、果たしてオウルの呪いによるものなのか、それとも無関係なのか、ナギアには判断がつかなかった。

あんな言葉が、本気であるはずがない。騙されては駄目だ。結局のところ、彼は自分を利用しているだけに違いない。そう、思わなければいけない。なのに――

ナギアの身体は彼女自身の意思を裏切り、激しく胸を高鳴らせ続けるのだった。

あとがき

お久しぶりです、笑うヤカンです。

本書を手にとっていただいてありがとうございます。

ここ数巻、すっかり「お久しぶりです」が常套句になってしまい、ついてきてくださっている読者の皆々様方には本当に感謝しかありません。

新大陸での冒険は前巻で終わり、今巻から舞台を新たに新章に突入ということで、どうぞオウルたちの新しい冒険に是非お付き合いいただければと思います。


謝辞に移ります。長らくの沈黙にもかかわらず根気よく見捨てずに待っていてくださっていた担当編集様、新章開始ということで大量のキャラデザインと挿絵を今回も最高のクオリティで仕上げてくださった新堂アラタ先生、そしてそのキャラクターを素晴らしいドット絵にしてくださったｔｏｃｏｄａ先生、そのエピソードだけで本が一冊かけてしまいそうなほど壮絶な過程を経て新しい生命を育んでくれた妻と、歳の離れた弟を溺愛し可愛がってくれる娘、新たに我が家にやってきた最高に可愛い大怪獣、そして本書をお読みいただいた全ての方に感謝を申し上げます。

ここまでお読みいただき、ありがとうございました！

ヴァルキリーコミックス
異色のダークファンタジーがついにコミカライズ!!!!!
わたしを呼んだのはあなた?
VOLUME.1~9
魔王の始め方
THE COMIC
【漫画】小宮利公 【原作】笑うヤカン
キャラクター原案◎新堂アラタ
全国の書店 通販サイトで 大好評発売中!!
KTC 編集・発行 キルタイムコミュニケーション
〒104-0041 東京都中央区新富1-3-7 ヨドコウビル TEL:03-3555-3431(販売) FAX:03-3551-6146
最新情報はオフィシャルサイトへ キルタイムコミュニケーション 検索

BEGINNING NOVELS

魔王の始め方 8

2023年12月23日　初版発行

【小説】
笑うヤカン

【イラスト】
新堂アラタ

【発行人】
岡田英健

【編集】
キルタイムコミュニケーション編集部

【装丁】
マイクロハウス

【印刷所】
図書印刷株式会社

【発行】
株式会社キルタイムコミュニケーション
〒104-0041　東京都中央区新富1-3-7ヨドコウビル
編集部　TEL03-3551-6147／FAX03-3551-6146
販売部　TEL03-3555-3431／FAX03-3551-6146

禁無断転載　ISBN978-4-7992-1849-5　C0093

本書は小説投稿サイト「ノクターンノベルズ」(https://noc.syosetu.com/)に掲載されていたものを、
加筆の上書籍化したものです。
乱丁、落丁本はお取り替えいたします。

本作品のご意見、ご感想をお待ちしております

本作品のご意見、ご感想、読んでみたいお話、シチュエーションなどどしどしお書きください！
読者の皆様の声を参考にさせていただきたいと思います。手紙・ハガキの場合は裏面に
作品タイトルを明記の上、お寄せください。

◎アンケートフォーム◎　**https://ktcom.jp/goiken/**

◎手紙・ハガキの宛先◎
〒104-0041 東京都中央区新富 1-3-7 ヨドコウビル
(株)キルタイムコミュニケーション　ビギニングノベルズ感想係